Alice à Venise

Caroline Quine

Alice à Venise

Traduction
Lisa Rosenbaum

Illustrations
Marguerite Sauvage

hachette JEUNESSE

Alice

Jeune détective de choc,
extrêmement perspicace et courageuse pour
ses dix-huit ans. Au volant de son cabriolet,
elle se lance dans des enquêtes toujours
trépidantes... quitte à affronter des
adversaires aussi malhonnêtes que
dangereux !

Marion

Le garçon manqué de la bande.
Avec Bess, c'est la meilleure amie d'Alice...
Grande sportive, elle a le
goût de l'aventure, et ne dit
jamais non à une bonne
enquête !

Bess

C'est la cousine de Marion.
Gourmande, coquette et aussi un
peu timorée, elle finit cependant
toujours par suivre ses amies dans les
aventures les plus risquées...

James Roy

Le père d'Alice.

Ce célèbre avocat prête souvent main-forte à sa fille dans ses enquêtes... quand ce n'est pas Alice qui l'aide à résoudre les énigmes les plus ardues !

Ned

Lorsqu'il n'est pas retenu par ses épreuves sportives ou par ses cours à l'université, ce beau jeune homme aide les trois amies à résoudre les mystères les plus ténébreux... pour le plus grand plaisir d'Alice !

L'ÉDITION ORIGINALE DE CE ROMAN A PARU
EN LANGUE ANGLAISE CHEZ WANDERER BOOKS
(SIMON & SCHUSTER), NEW YORK,
SOUS LE TITRE :

MYSTERY OF THE WINGED LION

© Stratemeyer Syndicate, 1982.

© Hachette Livre, 1988, 1998, 2003, 2008 pour la présente édition.

Traduction revue par Rosalind Elland-Goldsmith.

Tous droits de traduction, de reproduction
et d'adaptation réservés pour tous pays.

Hachette Livre, 43, quai de Grenelle, 75015 Paris.

chapitre 1

Fracas nocturne

— Ah, Venise... c'est tellement romantique ! soupire Bess Taylor d'un air rêveur.

Son regard glisse de la terrasse de l'hôtel, où elle est assise avec sa cousine Marion Webb, vers le canal dont la surface argentée par le clair de lune se ride à peine sous les coups d'aviron d'un gondolier.

— Hmmm... Oui. En effet... acquiesce Marion.

Celle-ci est mince, d'allure sportive et brune, à la différence de sa cousine, une jolie blonde un peu trop ronde.

— C'est tout ce que tu trouves à dire ? s'étonne Bess. Je suis sûre que tu réagirais différemment, si Bob était là. Imagine un instant que lui et Daniel...

— ... sans oublier Ned ! intervient Alice Roy en s'approchant de leur table.

Ned Nickerson, Daniel Evans et Bob Eddleton sont les compagnons de ces demoiselles.

— Alice ! s'exclament ses deux amies, légèrement surprises. On commençait déjà à croire que tu avais été kidnappée par le concierge de l'hôtel !

La plaisanterie amène un sourire fugitif sur le visage de la nouvelle venue, mais son expression reste grave.

— Quelque chose ne va pas ? interroge Marion.

— Je le crains.

— Ne me dis pas que tu as trouvé une énigme à résoudre ! s'écrie Bess. On va se reposer jusqu'à la fin des vacances, hein ? Rassure-moi, Alice...

— Je voudrais bien, réplique la jeune détective, aux cheveux blond cuivré.

Elle fixe son regard sur les vitraux sombres de la grande église à coupole, de l'autre côté du Grand Canal, qui traverse la ville.

— Cette basilique a dû être le théâtre d'innombrables mystères, au cours des siècles... marmonne-t-elle. Mais celui-ci, je ne comprendrai jamais comment il a pu arriver...

— Quoi ? Explique-toi enfin !

Alice prend une profonde inspiration.

— Ned, Bob et Daniel ont été arrêtés, annonce-t-elle.

— Quoi ? s'écrient ses amies d'une seule voix.

— Chut ! Moins fort ! gronde l'enquêtrice. On vient juste d'en être averties par un message...

— Des garçons ? l'interrompt Bess. Où sont-ils ?

— Ici.

— Ici, à Venise ? coupe de nouveau la blondinette.

— Laisse parler Alice ! réprimande sa cousine.

Pourtant, elle ne peut s'empêcher de questionner à son tour :

— Ils ne devaient pas s'envoler directement pour New York à la fin du séjour organisé par l'université d'Emerson ?

— C'est ce que je pensais aussi, réplique la détective. Mais ces idiots ont voulu nous faire une surprise !

— Oh... s'attendrit Bess. Ils voulaient passer quelques jours avec nous dans cette ville féerique !

— En fait, je n'ai aucun détail sur cette affaire et j'ignore surtout pourquoi ils se trouvent au commissariat. Il paraît que Ned a téléphoné. Il a laissé un message, très bref, qui comportait un numéro que j'ai appelé aussitôt. Malheureusement, à l'autre bout, mon correspondant ne parlait que l'italien. Alors, j'ai demandé au réceptionniste de prendre la communication. Je l'ai entendu mentionner le nom de Ned, puis une succession de « *si... si... si* ». En raccrochant, il m'a appris que les garçons avaient été arrêtés. Il a ajouté que, si on voulait en savoir davantage, on devrait se rendre au quartier général de la police.

— Je n'en reviens pas ! s'exclame Marion en se levant vivement de sa chaise.

— Tu vas où ? demande Alice.

— Au commissariat, bien sûr !

— Mais il est dix heures du soir, fait remarquer la jeune héroïne. Le réceptionniste nous conseille d'attendre jusqu'à demain matin. Il m'a même promis de nous trouver un interprète.

— Quand je pense que nos amis vont croupir toute la nuit dans une cellule... se désole Bess.

— Je doute qu'on puisse les en faire sortir sans l'aide d'un avocat et peut-être même de l'ambassade des États-Unis, estime sa cousine.

Alice explique qu'elle a essayé de joindre son père à River City. Celui-ci est un grand juriste, dont les relations internationales pourraient se révéler très utiles pour obtenir la libération des trois étudiants.

— Compte tenu du décalage horaire entre l'Italie et les États-Unis, il ne doit pas être plus de seize heures chez nous. Papa est sans doute encore au palais de justice, où il plaide en ce moment une affaire difficile. J'ai laissé le numéro de téléphone de l'hôtel à sa secrétaire. Elle lui dira de me rappeler au plus vite.

La jeune aventurière frissonne, et ajoute :

— Retournons dans notre chambre. Je commence à avoir froid...

Bess jette un dernier regard sur les lueurs étincelantes qui dansent sur l'eau noire. La lumière provient d'une maison de l'autre côté du canal, en face du *Dei Fiori Hotel* où séjournent les jeunes filles. Au rez-de-chaussée se détache la devanture d'un magasin de verreries brillamment illuminée par deux grands lustres en cristal et d'autres luminaires. À l'étage au-dessus, on aperçoit un élégant appartement aux fenêtres gothiques encadrées par de fines colonnes.

Tout à coup, les lustres s'éteignent et l'on entend un fracas de verre brisé.

— L'un des plafonniers a dû tomber ! s'écrie Marion, tandis que ses amies s'arrêtent net.

— Il ne s'est certainement pas effondré tout seul, remarque Alice. Il doit y avoir quelqu'un dans la boutique ! Peut-être un voleur... Allons vite y jeter un coup d'œil.

— Et l'appel de ton père ? crie Bess à la détective qui déjà s'élance en avant.

— Je vais voir le concierge tout de suite ! Il avisera papa que je le rappellerai à notre retour !

Après un détour par le hall du *Dei Fiori*, les trois amies courent vers le quai, où des gondoliers discutent avec animation. Apparemment, ils ne se sont aperçus de rien.

À l'aide des quelques bribes d'italien qu'elle connaît, Alice persuade l'un d'eux de les transporter de l'autre côté du canal. Elle lui raconte l'incident dont elles ont été les témoins.

— Oh ! moi aussi je entendre du bruit, explique le batelier dans un anglais approximatif, mais je pas savoir d'où ça vient.

— Le voleur a dû s'enfuir entre-temps, juge Marion, alors que la gondole quitte la rive.

— Pas sûr, réfute la jeune héroïne. Il y a énormément de cristal dans cet établissement. Il faut sans doute plusieurs minutes pour récupérer tout le butin.

La traversée ne dure que quelques instants et Alice demande au navigateur de les attendre. Les trois filles courent le long de la ruelle vers le magasin, puis s'arrêtent, indécises, devant l'entrée.

— Il n'y a plus personne ! murmure Bess.

— Chut ! fait sa cousine.

On entend des pas à l'intérieur.

— Vite, le voleur va sortir ! chuchote Alice en entraînant ses amies à l'abri du porche voisin.

La porte s'ouvre doucement. Puis elle se referme.

« Tiens, s'étonne la détective. Je me demande pourquoi le cambrioleur ne paraît pas. »

Baissant les yeux, elle s'aperçoit alors que la lumière du réverbère le plus proche projette leurs silhouettes juste devant l'entrée de la boutique.

— Regardez ! souffle-t-elle à ses amies en leur montrant les ombres. Il nous a vues ! On aurait dû faire attention...

— Oh, partons ! supplie Bess.

— Un instant, l'interrompt Marion.

La poignée de la porte d'entrée tourne de nouveau, et le battant s'ouvre lentement. La gorge serrée, les enquêtrices scrutent l'embrasure béante. Mais personne n'émerge. Puis, sur une impulsion, Alice bondit en avant et risque un coup d'œil à l'intérieur.

Ses compagnes retiennent leur souffle.

— Venez ! appelle enfin la jeune héroïne. Il n'y a plus personne !

Les deux cousines la suivent à contrecœur. Sur la pointe des pieds, elles traversent une pièce, puis une autre et arrivent finalement devant un accès ouvert donnant sur le canal.

— Il a filé par-là ! conclut la détective avec dépit, les yeux fixés sur un Zodiac qui s'éloigne.

— On devrait en faire autant, estime Bess.

À cet instant, l'embarcation à moteur fait demi-tour, repasse devant la façade du magasin et son occupant lance une grosse pierre dans la vitrine qui vole en éclats, déclenchant un strident signal d'alarme.

— C'est le moment de déguerpir ! s'écrie Alice en entraînant ses amies vers la porte principale.

Elles s'élancent dehors et courent vers la gondole qui les attend.

— Faites vite, monsieur !

En entendant la sirène, le batelier hésite une seconde, puis manœuvre son aviron pour retraverser le canal. Arrivé sur l'autre rive, il aide les trois passagères à mettre pied à terre.

— *Grazie*, remercie Marion.

Ensuite, sans prêter attention à l'air intrigué de l'homme, les aventurières se hâtent vers l'hôtel.

Alice est déçue de ne pas y trouver de message de son père. Dans l'ascenseur, Bess ajoute encore à son inquiétude en déclarant :

— Vous savez ce que je pense ? Le gondolier nous soupçonne d'avoir cambriolé le magasin !

— Hein ? On n'a rien fait de mal ! proteste sa cousine. On s'est introduites à l'intérieur parce que la porte était grande ouverte.

— Oui, mais va expliquer ça à la *polizia*, réplique Alice.

De retour dans leur chambre, la jeune héroïne repousse les volets de la fenêtre qui donne sur la rue. Devant l'entrée, elle voit leur gondolier discuter avec un employé de l'hôtel. Elle fait signe aux cousines d'approcher.

— À tous les coups, il est en train de nous dénoncer, conclut Marion. On devrait avertir le commissariat avant que ces types ne le fassent.

— On devrait surtout commencer par apprendre quelques mots d'italien, ironise Alice. Par exemple : « Je ne suis pas une voleuse. »

— Très drôle...

La sonnerie du téléphone interrompt brusquement leur conversation.

— Les voilà ! C'est la police ! J'en suis sûre ! s'affole Bess. Ils viennent nous chercher ! On va nous emmener au poste !

— Eh bien, au moins, on aura la compagnie des garçons ! raille sa cousine.

Cependant, au soulagement de la détective, l'appel provient de River City, du bureau de son père.

— C'est papa !

Mais elle s'assombrit en entendant la voix de la

secrétaire, Mlle Hanson, lui expliquer que M. Roy est en voyage d'affaires et qu'il ne reviendra que le lendemain soir.

— Dommage... S'il rentre plus tôt, pourrez-vous lui demander de me rappeler d'urgence au *Dei Fiori Hotel,* à Venise ? Il faudrait aussi prévenir notre gouvernante, Sarah Berny, au cas où papa téléphonerait à la maison. C'est très important.

— Promis ! répond son interlocutrice avant de raccrocher.

Les trois vacancières restent silencieuses. Elles se préparent à se coucher. Elles prennent une douche à tour de rôle, passent leurs chemises de nuit et se glissent sous les couvertures. À peine ont-elles éteint leurs lampes de chevet, que de lourds coups frappés à la porte les font sursauter.

— Ne répondez pas ! souffle Bess, terrifiée.

— On ne va quand même pas faire semblant de ne pas être là ! grommelle Marion en secouant la tête.

Alice a déjà rallumé. Elle saute du lit.

— Qui est là ? demande-t-elle d'un ton assuré.

Personne ne répond, mais il y a un autre coup, plus insistant.

— Qui est là ? répète la détective en collant l'oreille contre le battant.

Cette fois, une voix se fait entendre, mais elle s'exprime en italien. La jeune fille n'en saisit que des bribes, dont un mot, parfaitement clair : *polizia* ! La police !

chapitre 2

L'histoire de Ned

Pendant qu'Alice s'apprête à ouvrir, Marion saute du lit.

— Oh ! qu'est-ce qui va nous arriver ?... bredouille Bess en tremblant.

Elle imagine déjà qu'un robuste agent de police, brandissant d'énormes menottes, attend de l'autre côté de la porte.

Pourtant, à sa grande surprise, ce n'est que le réceptionniste. Celui-ci sourit poliment.

— Excusez-moi de vous déranger, articule-t-il avec un fort accent italien. Il paraît... enfin... Andreoli, le gondolier, m'a raconté que vous aviez des ennuis, mesdemoiselles.

Il scrute le visage d'Alice, puis observe les autres, attendant patiemment une réponse.

— Oui, c'est le cas ! réagit Bess impulsivement, provoquant un regard noir de sa cousine.

— Pas du tout ! conteste cette dernière. Mais quelqu'un d'autre aura des ennuis dès qu'on l'aura identifié.

— *Que ?* questionne l'employé. Je ne comprends pas.

— C'est très simple, intervient la détective, et elle lui explique en détail ce qui s'est produit plus tôt dans la soirée.

Quand elle a fini, l'homme pousse un profond soupir.

— À mon avis, il serait plus sage de raconter tout ceci à la *polizia*...

— Je suis d'accord avec vous. C'est ce qu'on compte faire, mais demain, quand on sera accompagnées d'un interprète. Votre collègue a promis de nous en trouver un pour nous aider dans une autre affaire.

— Ah, je vois. C'est bien, alors. Bonne nuit !

Pendant que le réceptionniste repart, Alice remarque que le bas de son pantalon est mouillé. Comme il n'a pas plu, elle trouve cela étrange et fait part de son observation aux autres.

— Il a peut-être piqué une tête dans le canal, plaisante Bess, tout heureuse d'être dans sa chambre et non pas sur le chemin du commissariat.

Sa cousine lève les yeux au ciel d'un air faussement exaspéré.

— Et si on allait dormir ? propose-t-elle enfin. Une rude journée nous attend demain.

À leur réveil, il pleut à verse. Elles se vêtissent

plus chaudement que d'habitude, enfilent leurs imperméables et sortent sur la terrasse où elles s'asseyent à l'abri d'une marquise. Elles notent aussitôt le nom du magasin de verreries d'en face, dont la vitrine est partiellement fracassée.

— *Artistico Vetro* : « Verre artistique », traduit Alice. Je serais curieuse de savoir qui en est le propriétaire.

— Probablement une vieille famille vénitienne, suggère Marion en se replongeant dans la lecture du menu posé sur la table devant elle. *Prosciutto* (jambon cru) et melon. Hmmm... Ça m'a l'air bon.

Bess fait la grimace.

— De la charcuterie au petit-déjeuner ? Beurk ! Moi, je commanderai seulement un yaourt. Avec du miel, bien entendu !

— Tiens, pendant un bref instant, j'ai cru que tu voulais enfin te mettre au régime ! la taquine sa cousine. Et toi, Alice, qu'est-ce que tu prends, par ce beau matin embrumé ?

— Je n'en sais rien, je n'ai même pas regardé la carte. J'examinais la boutique, de l'autre côté du canal.

— Ah, oui ? à part ce trou dans la vitrine, je ne lui trouve rien d'intéressant.

— Je sens qu'il s'y trame une mystérieuse affaire... assure la détective. Je tiens à poursuivre mon enquête.

— Si tu veux mon avis, reprend Bess, je pense qu'on devrait éviter de s'approcher de cet établissement, surtout qu'on nous soupçonne de l'avoir cambriolé ! Et puis, souviens-toi : on doit aller voir les garçons.

— Plus que ça, ajoute Marion gravement. On doit les *libérer* et ça ne sera pas facile.

La jeune héroïne acquiesce en soupirant. À ce moment, le serveur s'approche d'elle, et lui remet une enveloppe. Interloquée, elle se hâte de l'ouvrir, mais pousse un cri de déception. Le message à l'intérieur a été presque entièrement effacé par la pluie !

— Et zut ! J'arrive à peine à le déchiffrer, se plaint-elle, et elle passe la feuille de papier à ses amies. Vous distinguez quelque chose ?

Mais celles-ci restent perplexes. Les filles avalent leur repas en vitesse.

— Qui vous a donné ce mot ? demande Alice au garçon qui revient avec la note.

— Le réceptionniste.

— Allons le voir tout de suite !

Mais ce dernier n'en sait pas plus.

— Tout ce que je peux vous dire, mademoiselle Roy, c'est que j'ai trouvé cette enveloppe sur mon comptoir en revenant du bureau, à l'arrière, explique-t-il. Mais puisque vous êtes ici, permettez-moi de vous présenter votre interprète.

Il s'approche d'un jeune homme assis sur une banquette en face d'elles.

— Antonio, voici les clientes américaines qui

ont besoin de ton assistance aujourd'hui. Elles doivent se rendre à la *Questura Centrale.*

— *Si,* répond l'autre avec un sourire avenant.

— Antonio est étudiant, reprend le réceptionniste. Je suis sûr qu'il saura vous aider.

Après avoir appris la fâcheuse situation dans laquelle se trouvent les trois amis des vacancières, Antonio exprime sa sympathie.

— Venez ! Je vous emmène au quartier général de la police, décide-t-il. On va tâcher d'arranger cette affaire. Suivez-moi !

Il guide les filles à travers un labyrinthe de ruelles et de ponts enjambant les canaux. Dans le hall du commissariat, ils sont accueillis par un officier en uniforme qui les mène jusqu'à son bureau. Levant les yeux, il salue poliment en italien les nouveaux venus, et se présente :

— Commissaire Donatone.

L'interprète lui explique rapidement l'objet de leur visite. Le commissaire les conduit par un étroit couloir dans une pièce nue, meublée seulement d'une table et de quelques chaises en métal, puis il disparaît pour aller chercher les prévenus.

Antonio invite les filles à s'asseoir. Elles gardent le silence et écoutent le jeune traducteur taper impatiemment du pied sur le sol carrelé.

— On va devoir attendre longtemps ? maugrée Bess.

Mais, l'instant d'après, les trois étudiants de l'université d'Emerson sont introduits dans la pièce.

Aussitôt, questions et réponses s'entrecroisent entre les jeunes Américains. L'agent, qui accompagne les détenus, frappe dans ses mains pour calmer l'assistance pendant qu'Antonio palabre avec le commissaire.

— Vous n'avez pas beaucoup de temps pour discuter, signale-t-il au groupe d'amis.

— Dans ce cas, intervient Alice, répète ce que tu viens de raconter, Ned. Je voudrais que notre interprète l'entende puisqu'il doit nous aider à vous sortir d'ici.

Son compagnon, les vêtements fripés d'avoir dû passer la nuit tout habillé, sourit au jeune homme avec reconnaissance.

— Si la police ne nous avait pas confisqué nos affaires, explique-t-il, j'aurais pu vous montrer ce qu'ils ont trouvé.

— Daniel dit que vous avez été arrêtés à l'aéroport Marco Polo, ici à Venise, intervient Bess.

— Exact. Vous savez qu'on a passé une semaine à Rome ? Eh, bien, au lieu de repartir pour New York avec le reste du groupe universitaire, on a pris un vol pour Venise. On voulait vous faire une surprise ! On avait quitté l'avion, récupéré nos bagages et on se dirigeait vers la sortie quand un douanier nous a fait ouvrir toutes nos valises. Ça m'a surpris : je franchis toujours facilement les contrôles, quand je voyage. Ça n'a pourtant pas été le cas cette fois-ci. Quand l'agent a regardé dans mon sac à dos,

22

j'ai failli tomber à la renverse : il contenait l'œuvre d'art la plus merveilleuse que j'aie jamais vue...

— Qu'est-ce que c'était ? coupe Marion, captivée.

— Une figurine stylisée en verre représentant un cheval avec des sabots dorés. Le douanier l'a prise pour l'examiner, puis a appelé un de ses collègues en renfort. J'ai essayé de leur faire comprendre que cet objet n'était pas à moi. Mais ça n'a servi à rien...

— En fait, aucun d'eux ne comprenait bien l'anglais, précise Daniel.

— Je leur ai expliqué que j'étais en visite avec des amis, reprend Ned, et...

— ... Évidemment, aussitôt, on nous a pris pour ses complices ! ajoute Bob.

— Eh bien, on n'a qu'à découvrir d'où provient cette pièce de verre et on la renverra à son propriétaire ! déclare Bess.

— Malheureusement, ce n'est pas si simple que ça, rectifie Alice. Explique-lui, Ned...

— Le cheval s'est brisé en mille morceaux, annonce-t-il.

— Quoi ? s'exclame Marion. Comment ?

— À force de le tripoter, les douaniers l'ont laissé glisser... et il s'est écrasé par terre.

— Mais... c'est terrible ! Alors il n'existe plus aucune trace, aucune preuve ? Rien ?

— Au contraire, affirme la détective, il y a plein de preuves indirectes...

À ce moment, l'agent qui se tient près de la porte

s'approche pour leur signifier la fin de l'entretien. Avant de sortir, les trois enquêtrices promettent de tout mettre en œuvre pour aider leurs compagnons.

— Papa doit rentrer ce soir, lance Alice. Je l'appellerai le plus tôt possible.

— Je suis désolé d'avoir gâché ton voyage, réplique Ned avec tristesse.

— Ne sois pas bête. Je suis heureuse que tu sois là, même si c'est sous les verrous ! plaisante la jeune fille, sans toutefois pouvoir cacher son inquiétude. À bientôt !

Revenue dans le hall, elle demande à Antonio de lui rendre un service :

— Il faudrait que tu obtiennes l'autorisation de voir la pièce à conviction.

L'interprète dialogue un instant avec le commissaire de police, mais celui-ci rejette sa requête.

— Dis-lui que je suis détective, insiste-t-elle, déçue.

— Comment vous appelez-vous ? questionne l'homme en uniforme.

— Alice Roy.

— Ah ! s'exclame l'autre, puis il ajoute quelque chose en italien.

La jeune fille saisit le nom du *Dei Fiori Hotel*.

Il lui semble également entendre mentionner le nom du gondolier, Andreoli.

« J'aurais dû raconter à la police ce qui s'est passé au magasin d'articles de verre », se reproche-t-elle.

24

Elle remarque que le commissaire l'observe, ainsi que ses amies, avec une attention particulière.

— *Signorina*, dit-il enfin d'un ton de mauvais augure, je crains que vous et ces demoiselles n'ayez également de gros ennuis !

chapitre 3

D'énigmatiques initiales

Entendant le mot « ennuis », Bess chancelle.

— On... on n'a rien fait de mal ! lâche-t-elle précipitamment.

D'un coup de coude, sa cousine la fait taire et Alice intervient à leur place. Aussi brièvement que possible, elle relate les événements de la veille. Antonio traduit chaque fois que c'est nécessaire.

— Le commissaire n'a pas l'air de la croire, chuchote Marion, un peu en retrait.

— Tu penses vraiment qu'ils vont nous arrêter ?

— On ne sait jamais ! D'autant plus que... regarde qui est là !

— Qui ? demande Bess en se retournant vivement.

Surprise ! C'est Andreoli, le gondolier qui leur a fait traverser le Grand Canal la veille au soir. Il a été convoqué par la police, qui veut entendre son témoignage concernant le comportement des trois passagères.

« On n'aurait jamais dû s'enfuir comme des lapins », pense Alice en écoutant le rapport du batelier.

L'homme parle italien, et trop vite pour qu'elle puisse suivre. Elle lance un regard interrogateur à Antonio, mais celui-ci lui fait signe de patienter.

L'interprète ne prend la parole qu'une fois le récit du gondolier terminé.

— M. Andreoli affirme que vous et vos amies avez insisté pour qu'il vous emmène au magasin de verreries hier soir, traduit-il.

— Exact ! confirme la détective. C'est parce qu'on avait entendu un bruit suspect et pensé qu'il y avait peut-être un voleur à l'intérieur. Les lumières venaient de s'éteindre brusquement.

Antonio poursuit.

— M. Andreoli dit qu'il a entendu le fracas lui aussi mais qu'il n'a rien vu parce qu'il regardait dans une autre direction. Les policiers ont vérifié : ils ont effectivement trouvé un lustre brisé. Mais, pour l'instant, ils n'ont pas découvert s'il manquait quelque chose dans la boutique.

— Alors... ils ne nous accusent pas d'être des voleuses ! bégaie Bess, soulagée. Ils vont nous relâcher ?

Le jeune homme acquiesce.

— Oui, mais vous ne devrez pas quitter Venise sans autorisation, jusqu'à ce que cette affaire soit éclaircie. Et le commissaire Donatone vous interdit formellement de mener la moindre enquête. Cela ne vous attirerait que des ennuis, vous comprenez ?

Quand les filles quittent le commissariat avec leur interprète, Marion se met à rire.

— Tu as entendu, Alice ? Fini le travail de détective !

— Ça veut dire qu'on va être *obligées* de profiter des vacances pour se reposer ! se réjouit sa cousine.

— Tu as l'intention de laisser ce pauvre Daniel dans une cellule du commissariat ? interroge la jeune héroïne.

— Pas du tout ! proteste vivement son amie. Mais, une fois que les garçons seront libres, on pourra se dorer toute la journée au soleil !

Alice sourit et consulte sa montre.

— Il est encore trop tôt pour appeler papa, constate-t-elle.

Elle fouille dans sa poche et en extirpe le message qu'elle a reçu un peu plus tôt.

— Antonio, j'ai quelque chose à te montrer. Mais sortons d'abord de cette cohue !

La pluie s'étant réduite à un fin crachin, les filles retirent leurs capuches. Fendant la foule des touristes, elles se dirigent vers la piazza San Marco.

— Si on allait prendre un *cappuccino* ? propose leur guide.

— Quelle bonne idée ! s'écrie Bess en le suivant vers une table libre du *Florian*.

C'est un des plus vieux cafés de Venise, un lieu mythique devenu très chic.

— Waouh ! souffle Marion. Tu nous emmènes dans une brasserie de luxe !

— Les consommations sont un peu chères, reconnaît le traducteur. Mais on ne peut pas dire qu'on a visité Venise si l'on n'a pas fait un tour au *Florian* !

Devant la terrasse, de petits orchestres jouent presque sans interruption, à l'abri des arcades de la place dont la façade de pierre grise commence à s'éclaircir après l'averse.

Impressionnée par la majesté de la basilique San Marco en face d'elle, Alice oublie un instant la raison qui l'a incitée à presser ses compagnons. Cette cathédrale ressemble à une tapisserie multicolore de mosaïques et de marbre où des statues d'anges et de saints montent la garde au-dessus des immenses coupoles grises.

— C'était l'église du doge, l'informe Antonio après avoir passé leur commande au garçon. Le doge était le chef de l'ancienne république de Venise, qui était composée de cent dix-sept îles. Toutes les cérémonies officielles, à commencer par l'élection du doge, avaient lieu dans ce monument.

Les filles remarquent qu'un seul des quatre imposants chevaux de bronze du célèbre *Quadrige* subsiste dans l'arcade centrale de l'étage supérieur de la façade.

— Où sont passés les trois autres ? questionne Marion.

— En restauration, répond le jeune homme.

Puis il ajoute avec un sourire :

— Après tout, ils ont tenu le coup, là-haut, depuis l'an 1204 !

Soudain Alice se rappelle la description que Ned lui a faite de l'œuvre d'art en verre qui a conduit les garçons en prison. Un cheval stylisé avec des sabots d'or ! Peut-être est-ce une version moderne de la sculpture ancienne ? Cette idée fait son chemin dans la tête de la détective. Pendant ce temps, l'interprète continue ses explications :

— C'est le doge Enrico Dandolo qui a rapporté ces chevaux de Constantinople. Pourtant, à ce jour, personne ne connaît leur véritable origine. Selon certains, l'empereur Constantin les aurait trouvés dans l'île grecque de Chios. Selon d'autres, ils proviennent d'un arc de triomphe romain. Mais...

Il s'interrompt

— Oui ? fait Bess en le voyant hésiter.

— Il y a une énigme, reprend Antonio, car les historiens n'ont jamais trouvé d'œuvres semblables, ni dans l'art grec ni dans l'art romain.

— À propos d'énigme, intervient la détective, qu'est-ce que tu penses de ceci ?

Elle lui montre la lettre détrempée par la pluie.

L'étudiant examine la missive avec soin. Pendant ce temps, le garçon de café dépose devant eux les tasses de *cappuccino*. En attendant la réaction de leur interprète, les trois touristes commencent à siroter leur boisson chaude recouverte d'une mousse neigeuse.

— Vous êtes sûre que ce message vous était destiné, à vous et non à la police ? demande le traducteur.

— L'enveloppe m'était adressée, assure Alice. Pourquoi ?

— Eh bien, on dirait qu'il s'agit d'un appel au secours de quelqu'un qui habite sur le Grand Canal. C'est en tout cas la seule chose que je puisse déchiffrer. Le nom de l'auteur a été entièrement effacé par la pluie.

Il se concentre, essayant de reconstituer les lettres manquantes.

— On distingue un *D* majuscule suivi d'un *o* ou d'un *u,* je n'en suis pas sûr. Enfin, il y a un autre *D* majuscule suivi d'un *a.*

— C'est peut-être une *dogaressa*, suggère Marion.

L'Italien sourit.

— *Dogaressa* ? La femme d'un doge ? J'en doute. Elles sont toutes mortes depuis des siècles. Mais il pourrait s'agir d'une *duchessa* ou d'une *duchessina*...

— Qui vit dans un *palazzo,* s'enthousiasme Bess. Oh, retrouvons-la vite !

— Je croyais qu'on devait renoncer à toute enquête ? ironise Alice.

— Mais qui te parle d'enquête ? glousse son

amie. On ne peut quand même pas rejeter un appel au secours !

Elle vide le fond de sa tasse.

— En avant ! lance-t-elle.

— Je regrette de ne pas pouvoir vous accompagner, dit Antonio. J'ai un cours à l'université. Mais, si vous avez besoin de moi plus tard, n'hésitez pas à m'appeler à ce numéro.

Il confie une carte à la détective.

— Merci, répond cette dernière. Tu nous as déjà beaucoup aidées.

Puis, prenant la tête du groupe, elle quitte le café avec Marion. Bess suit à une certaine distance, flânant sous les arcades. Elle s'attarde devant une vitrine pleine de bijoux étincelants, dont plusieurs émaux.

Voyant ses compagnes s'engouffrer dans le *sottoportego,* le passage sous les bâtiments, elle leur crie de l'attendre.

— Alors, tu as vu quelque chose qui te faisait envie ? demande Marion quand sa cousine les a rattrapées.

— Oui, une superbe broche en forme de papillon. Venez la voir. C'est dans ce magasin, là-bas.

— Demain, peut-être, élude Alice. Je te rappelle qu'on a un programme chargé ! Impossible de perdre notre après-midi à faire du shopping.

Bess se résigne à éviter de regarder les multiples

devantures qui bordent les rues qu'elles parcourent, et le trio arrive en cinq minutes à l'hôtel.

— J'espère que papa est rentré, entre-temps, murmure la détective en ouvrant la porte de leur chambre. Je vais essayer de l'appeler à la maison.

Mais son coup de fil se révèle inutile : Sarah est toujours sans nouvelles de M. Roy. Elle promet de lui dire de rappeler dès son retour.

— Merci ! dit la jeune héroïne en raccrochant, déçue.

Puis elle saisit l'annuaire téléphonique local sous la table de chevet et commence à parcourir, ligne par ligne, l'interminable liste des noms en « D ».

— Tu essaies de trouver une *duchessa* ? l'interroge Marion.

— Non, plutôt quelqu'un dont les initiales seraient D.D. Ce sont les deux lettres qu'Antonio a déchiffrées sur la missive à moitié effacée par la pluie.

Mais après avoir jeté un coup d'œil sur les longues colonnes du bottin, elle se rend compte que cette méthode de recherche absorbera facilement toute la durée de leur séjour à Venise.

Alice referme l'épais volume.

— C'est sans espoir, hein ? fait Bess en ôtant quelques vêtements de sa valise pour les mettre dans un tiroir vide.

Son amie ne répond pas. Elle examine de nouveau le message, y concentrant toute son attention. Soudain, en un éclair, l'élégant appartement de l'autre côté du canal lui revient à l'esprit. L'occupant est peut-être propriétaire de l'*Artistico Vetro*, le magasin de verreries juste au-dessous ! Les a-t-il aperçues la veille, lors de leur traversée en gondole et de leur intrusion dans la boutique ? Dans ce cas, la missive pourrait provenir de cette personne !

Alice fait part de cette idée à ses compagnes.

— Le commissaire nous a interdit de nous occuper de l'*Artistico Vetro,* mais il n'a pas mentionné les habitants du dessus, ajoute-t-elle malicieusement. Je ne vois pas pourquoi on n'aurait pas le droit de se renseigner sur les gens qui vivent dans le quartier où on séjourne.

Bess fronce les sourcils.

— Ça nous attirera sûrement des ennuis !

— Personne ne t'oblige à nous accompagner, rétorque Marion.

— Tu crois vraiment que je vous laisserais partir seules ?

Les filles redescendent au rez-de-chaussée de l'hôtel, mais à leur déconvenue, toutes les gondoles ont déserté le quai.

— On devrait prendre le *vaporetto* ! recommande la détective en se référant au bateau-bus qui dessert le canal.

Après s'être renseignées sur l'arrêt le plus proche, les enquêtrices s'y rendent par un dédale de ruelles qui aboutit finalement à proximité du *Ponte di Rialto*. Le *vaporetto* se trouve justement à l'embarcadère. Il est déjà bourré de monde, mais le trio parvient à y monter et à se faufiler progressivement jusqu'à l'autre bord.

Les filles se postent non loin de la chaîne de protection et, alors que le bateau s'éloigne du ponton, regardent les reflets du soleil danser sur les vaguelettes.

Soudain un inconnu bouscule Alice et la force à faire quelques pas en avant. Elle se trouve pressée contre la chaîne. Rien d'autre ne la sépare de l'eau. Elle tente de reculer, mais la foule derrière elle ne bouge pas.

L'homme appuie alors de toutes ses forces sur ses épaules pour lui faire perdre l'équilibre. Elle heurte les maillons d'acier et glisse sous le garde-corps !

chapitre 4

Le secret de la duchessa

Les passagers assistent, horrifiés, à la chute de la jeune héroïne. Heureusement, celle-ci a pu s'agripper à la chaîne, évitant ainsi de tomber dans le canal.

— Alice ! crie Bess en se précipitant avec sa cousine au secours de leur amie.

Profitant de la confusion, l'inconnu réussit à se perdre parmi les voyageurs.

— Hissez-moi ! ordonne la détective d'une voix sourde. Ça ira !

Mais ses doigts, devenus tout blancs, semblent sur le point de lâcher prise d'un instant à l'autre.

— Penche-toi le plus possible en arrière, conseille Marion qui parvient enfin à la saisir sous les bras et à la tirer petit à petit.

— Voilà ! plus que quelques centimètres ! les encourage Bess.

Enfin la jeune fille se trouve hors de danger. Le contrôleur s'est frayé un chemin en maugréant depuis l'autre bout du *vaporetto*. Il questionne en italien :

— *Che cosa sta succendo qui ?*

— Je crois qu'il demande « Que se passe-t-il ici ? », avance Marion.

Alice, qui, entre-temps, a réussi à se relever, explique :

— Quelqu'un m'a poussée.

L'homme hausse les épaules, d'un air interrogateur.

— Mon amie dit que quelqu'un l'a fait tomber, répète Bess. Comme ça !

Elle fait une démonstration avec ses mains.

— Vous comprenez maintenant ?

Le contrôleur secoue la tête.

— N'insistons pas, se résigne la détective. Manifestement personne n'a rien vu dans cette cohue.

Tandis que le bateau approche du premier arrêt, elle parcourt du regard la foule des passagers. La plupart sont des touristes ou des Vénitiens qui parlent peu ou pas du tout l'anglais et, maintenant qu'elle est sauvée, ils se désintéressent de l'incident.

« Qui a tenté de me jeter par-dessus bord ? s'interroge-t-elle. Et pourquoi ? »

— Tu crois qu'il s'agit d'un geste délibéré ? demande Bess quand les filles sont descendues à quai. Il y avait peu de place, on était serrés comme

des sardines et quelqu'un a pu te bousculer acci-
dentellement.

— Impossible ! C'était un acte prémédité !
réplique fermement son amie, puis elle décrit en
détail ce qui s'est passé.

— Mais qui chercherait à te nuire ?

— Et pour quelle raison ? ajoute Marion.

— Je n'en sais pas plus que vous !

Les trois enquêtrices enfilent une ruelle et se
dirigent vers le *fondamento,* la rue parallèle au
canal. Cependant, arrivées devant l'entrée du magasin, elles trouvent une pancarte sur laquelle on lit :
Chiuso.

— Fermé ! traduit Alice.

Elle jette un coup d'œil aux verres à pied étincelants et admire les superbes miroirs anciens qui,
plus loin, réfléchissent les lustres.

Soudain, elle y aperçoit le reflet d'une silhouette.

— Regardez ! s'exclame-t-elle.

Mais Bess et Marion l'ont vue, elles aussi.

— C'est Andreoli ! lancent-elles d'un même
souffle.

La détective frappe contre la vitrine pour attirer
l'attention du gondolier, mais celui-ci a déjà disparu.

— Ce type me paraît de plus en plus suspect,
confie Bess.

Au même instant, une fenêtre s'ouvre à l'étage
au-dessus.

— *Prego !* fait une voix. Montez, s'il vous plaît !

Les amies reculent pour voir qui les appelle. C'est une dame âgée. Elle doit avoir près de quatre-vingts ans.

— Qui êtes-vous ? s'enquiert Alice.

— Je vous le dirai quand vous serez chez moi. La porte d'entrée est à votre droite.

Puis, sans laisser aux vacancières le temps de placer un autre mot, elle referme la fenêtre.

— Je me demande ce qu'elle veut, dit Bess en suivant Alice et sa cousine dans l'escalier.

— Probablement nous kidnapper ! répond Marion en riant.

La porte s'ouvre.

— Entrez, mesdemoiselles, les invite l'inconnue avec un gracieux sourire.

Elle introduit le petit groupe dans un salon où elle les prie de s'asseoir sur un magnifique canapé recouvert de soie, devant une cheminée de marbre.

— Je suis la duchesse Maria Dandolo. Peut-être avez-vous entendu parler du doge Enrico Dandolo ? Eh bien, je suis une de ses lointaines descendantes.

La jeune héroïne l'écoute passionnément. Elle se rappelle l'histoire d'Antonio sur le doge qui a rapporté les chevaux de bronze de Constantinople.

— Je m'appelle Alice Roy. Est-ce que vous m'avez adressé un message ce matin, par hasard ?

— Oui, en effet.

— Mais comment avez-vous su qui était Alice ? s'étonne Bess.

— Par un de mes amis, le professeur Bagley. Il

est venu me saluer avant de repartir aux États-Unis avec son groupe d'étudiants. Quand il a appris que j'avais un problème, il m'a annoncé qu'une détective de grand talent allait arriver à Venise. « C'est la personne qu'il vous faut », m'a-t-il dit.

— Oh ! s'exclame celle-ci, flattée par la chaleureuse recommandation de l'enseignant.

— Il a également mentionné vos amies, Marion Webb et Bess Taylor, continue la dame en regardant les cousines avec sympathie. Il vous a décrites toutes les trois d'une manière si vivante que, quand je vous ai vues en bas, je vous ai tout de suite reconnues. Voilà... Vous disiez avoir reçu mon petit mot ?

— Oui, mais malheureusement, il était illisible, explique Alice. La pluie l'avait effacé.

— Alors comment avez-vous fait pour me trouver ?

— Cela vous prouve, *duchessa,* qu'Alice est une excellente investigatrice ! affirme Marion en riant.

À ce moment, quelqu'un frappe à la porte et leur hôtesse se lève pour ouvrir. Stupéfaites, les jeunes convives voient entrer Andreoli.

— Vous ? lance Bess d'un ton de reproche. Vous avez failli nous attirer de graves ennuis. Si vous n'aviez pas parlé à l'employé de nuit de notre traversée du canal, on n'aurait pas eu besoin de s'en expliquer aux policiers qui, depuis, nous ont interdit de mener toute enquête !

Le gondolier prend un air penaud.

— J'ignorais... qui vous étiez, avoue-t-il en cherchant ses mots.

— Pauvre Andreoli ! Ne soyez pas trop dures envers lui, plaide la *duchessa*. Il m'a relaté votre entrevue avec le commissaire Donatone. Je crois que son interdiction ne concerne que les affaires qui sont du ressort de la police. Moi, je vous demande de m'aider, à titre privé, dans une intrigue à laquelle je ne voudrais pas mêler les autorités.

— Ah oui ? fait Alice, curieuse

— Voici le problème : j'ai un neveu, un jeune homme très brillant, artiste comme son père, et il...

La vieille dame s'interrompt, comme si elle hésitait à poursuivre.

— Et il... ? l'encourage Marion.

— Eh bien, il a été kidnappé, arraché à Venise, à sa famille, à son travail, à tout ce qui fait sa vie.

— Mais pourquoi n'avez-vous pas averti le commissariat ?

— Parce que je ne voulais pas de publicité autour de cet enlèvement. Il y aurait eu des articles dans les journaux et ma famille en aurait été bouleversée.

Contemplant l'élégant mobilier qui garnit la pièce, le brocart, les cristaux et le marbre, les filles se disent que de grandes richesses se cachent sans doute derrière l'histoire de Maria Dandolo.

Andreoli, lui, est resté silencieux pendant tout le récit.

— Je voudrais que vous m'aidiez à retrouver

mon neveu, annonce l'aristocrate. Je vous paierai bien.

— Je ne prends jamais d'argent et, de toute façon, je ne suis pas sûre de pouvoir accepter cet engagement.

— C'est bien la première fois que j'entends Alice Roy refuser une occasion de résoudre une énigme ! s'écrie Bess.

— Oui, mais, cette fois, je ne veux pas courir le moindre risque... Comme le sait M. Andreoli, nos amis de l'université d'Emerson ont de gros ennuis.

— Ils ont été arrêtés, précise Marion.

— Oui, je suis au courant, déclare la *duchessa*. Mais en quoi cela...

— Eh bien, je dois consacrer tout mon temps et toute mon énergie à leur libération, argumente la jeune héroïne. Je suis sûre que vous le comprenez.

— Naturellement. Mais peut-être pourrais-je vous aider ? suggère l'hôtesse, provoquant une vive émotion chez ses invitées. Je ne vous promets rien, mais je vais certainement essayer.

Elle dit quelque chose en italien au gondolier, qui opine du chef à chaque parole :

— *Si, si, si.*

— Mais, *signora*... commence Alice.

— *Duchessa*, rectifie la vieille dame.

— *Duchessa,* dites-moi comment vous comptez aider nos compagnons alors que vous craignez d'alerter la police dans l'affaire de votre propre neveu ?

— La réponse est simple. Voyez-vous, j'ai de nombreux amis qui occupent d'importantes fonctions dans le gouvernement et qui sont donc en mesure – comment dirais-je ? – de faire avancer les choses. Mais mon cher neveu Filippo, lui, courrait un danger encore plus grand si je leur révélais sa disparition. Je n'ai confiance en personne en ce moment, sauf en vous !

Maria Dandolo baisse le regard sur une fine craquelure dans un guéridon en marbre noir.

— C'est tellement triste de voir ces vieux objets se fendre et se briser avec le temps, murmure-t-elle. Je m'efforce d'éviter que cela ne m'arrive à moi-même, surtout maintenant. Je vous en supplie, vous devez retrouver Filippo ! C'est votre devoir de détective !

chapitre 5

Révélations

Cette déclaration sidère Alice. Elle voudrait repousser poliment la requête de l'aristocrate, mais celle-ci a excité sa curiosité.

Maria Dandolo lit ces sentiments contradictoires sur le visage de la jeune fille.

— Pardonnez-moi, s'il vous plaît, de vous avoir parlé de la sorte, reprend-elle d'une voix douce. Je... je perds un peu la tête ces jours-ci.

— Je comprends, affirme la détective. Vous pouvez nous donner un peu plus de détails au sujet de Filippo ? Quand a eu lieu l'enlèvement ?

— Il y a trois jours, alors qu'il effectuait une livraison à notre fabrique à Murano.

— Ses ravisseurs vous réclament de l'argent ?

— Non, pas de l'argent.

— Autre chose, alors ?

La *duchessa* pousse un profond soupir.

— Je ne peux vous donner d'autres renseignements tant que vous ne m'aurez pas garanti que vous aiderez ma famille.

— Ce sera « oui » dès que les accusations contre Ned, Bob et Daniel auront été levées. Ils sont parfaitement innocents, vous savez.

— Eh bien, c'est entendu, accepte la vieille dame en souriant. *Un momento.*

Elle s'approche du téléphone. Andreoli se lève.

— *Scusi, signorine*, dit-il.

Il échange quelques mots en italien avec Mme Dandolo, salue les filles d'un signe de tête et sort aussitôt, tandis que sa patronne se met à parler rapidement dans le combiné.

— Étrange, vraiment étrange, commente Bess à l'intention de ses amies. Quels peuvent bien être les rapports entre un gondolier et une duchesse ?

— Il lui sert peut-être de chauffeur personnel ou de coursier, suggère Alice. Ce qui m'intrigue davantage, c'est ce qu'il pouvait bien faire dans le magasin, en bas.

L'entretien téléphonique de leur hôtesse se révèle être un véritable succès.

— Dans moins de deux heures, vos amis seront remis en liberté ! annonce-t-elle. Vous pourrez les attendre à la sortie du commissariat vers quatre heures.

Puis, se rasseyant, elle poursuit :

— Maintenant, je dois vous faire un aveu : je suis en partie responsable de leurs ennuis.

— Comment ça ? questionne Bess, abasourdie.

— Ma famille est dans l'industrie du verre depuis des générations. Nous avons une fabrique à Murano et plusieurs magasins en Italie, dont celui qui se trouve ici, en bas.

— Ah... murmure la détective. Ça explique pourquoi on y a aperçu M. Andreoli tout à l'heure...

La femme acquiesce.

— Oui, il travaille pour moi depuis de nombreuses années. Il m'aide beaucoup. Mais ce dont je voulais vous parler, c'est de cette figurine découverte dans les bagages de M. Nickerson. C'est l'une des plus belles œuvres de Filippo, ajoute-t-elle avec tristesse. Depuis son enfance, il est fasciné par la *Quadriga,* les magnifiques chevaux de bronze de la basilique San Marco.

« J'avais deviné juste, pense Alice. La pièce de verre avait été modelée d'après les statues. »

— Ce précieux objet a disparu de notre verrerie de Murano quelques jours avant l'enlèvement de mon neveu. J'ai signalé le vol à la police et celle-ci a alerté les douaniers de tous les pays d'Europe pour la récupérer. Ils avaient pour ordre d'arrêter quiconque serait pris avec le cheval de verre aux sabots dorés. C'est pourquoi vos amis ont été conduits immédiatement au commissariat.

— Mais Ned n'a rien à voir avec le vol de cette œuvre ! s'indigne Marion.

— Je n'en doute pas, assure l'aristocrate. Mais

pourquoi l'a-t-on placée dans le sac de ce jeune homme ? Cela reste un mystère pour moi.

Alice réfléchit un instant, puis revient à l'enlèvement de Filippo.

— Il est tout à fait plausible que le cambriolage de votre magasin, hier soir, ait été commis par les malfaiteurs qui ont enlevé votre neveu, avance-t-elle. Qu'est-ce qui a été dérobé, au juste ?

— Rien, apparemment, réplique Maria Dandolo. Et la police ne comprend pas pourquoi le lustre est tombé. Tout cela est extrêmement étrange !

Elle se lève, va vers un secrétaire et y prend un papier qu'elle tend à la détective. Sur la feuille figure un lion ailé qui tient une petite bible ouverte et, au-dessous, quelques mots en italien : *Paix à toi, saint Marc, mon évangéliste.*

— Ce lion ailé à la bible est le symbole de Venise. Le texte également. L'évangéliste saint Marc est le patron de notre ville. Filippo utilise cet emblème pour signer ses œuvres.

— Cette feuille vous a été envoyée par votre neveu ? s'enquiert Bess.

— Tout ce que je sais, c'est que quelqu'un l'a déposée dans ma boîte aux lettres avant-hier. Vous voyez, mon adresse y figure. Malheureusement, j'ignore qui l'a portée ! Ce qui est certain, c'est qu'il s'agit bien de la signature de Filippo.

Les enquêtrices restent perplexes.

— Il n'a peut-être pas été kidnappé ? suggère Marion. Après tout, personne ne vous réclame de rançon... il se pourrait qu'il soit simplement parti pour quelques jours.

— Non, car quelqu'un a téléphoné : un homme à la voix basse et rauque. Il m'a dit que mon pauvre chéri avait été emmené quelque part et que je ne le reverrais pas jusqu'à ce que...

— Jusqu'à ce que quoi ? presse Alice.

— ... jusqu'à ce que je révèle la formule dont mon frère, Claudio, le père de Filippo, se sert pour la fabrication du verre.

— Pourquoi n'ont-ils pas enlevé votre frère lui-même ?

— Je pense qu'ils ne l'ont pas trouvé. Claudio est un homme solitaire, qui vit cloîtré dans un *palazzo* sur une île au nord de la lagune. Alors ils lui ont pris l'être auquel il tient le plus au monde : son fils.

— Et maintenant, où est donc le père de Filippo ? Il est resté dans son palais ?

— Non, après le rapt, il a jugé préférable de se cacher et je vous assure que personne ne le découvrira jamais.

Cette déclaration est suivie d'un long silence. Au bout d'un moment, la détective reprend.

— Je comprends maintenant pourquoi vous souhaitez éviter que cette affaire ne s'ébruite, commente-t-elle. Non seulement elle pourrait nuire à votre neveu, mais également à votre frère, Claudio. Vous n'avez aucune idée de l'endroit où les ravisseurs ont pu emmener Filippo ?

— Non, aucune, assure Maria Dandolo, visiblement éprouvée. Je suis fatiguée maintenant. Je dors très mal depuis ces événements. Veuillez m'excuser, mais je dois vous demander de me laisser à présent.

— On pourra reprendre cet entretien plus tard, propose Alice. On aura peut-être l'occasion de rencontrer également votre frère ?

— Peut-être. Nous verrons.

Les trois aventurières décident de contacter le commissariat au sujet de la libération de leurs amis.

— On dirait que la *duchessa* nous cache quelque chose, déclare Marion, alors qu'elle monte sur le *vaporetto* pour retourner sur l'autre rive.

— C'est peut-être par prudence, se hasarde Bess. Alice ?

— Je n'en sais rien. Mais j'espère que les brillants cerveaux de l'université d'Emerson auront une idée sur la question.

— Certainement ! Vous vous rendez compte ? Si on n'avait pas rencontré Mme Dandolo, Daniel aurait peut-être passé le restant de ses jours dans une prison vénitienne...

— En se consumant d'amour pour sa chère Bess ! complète sa cousine en riant.

— Ha ! ha ! Très drôle !

Alice ne prête guère attention à l'échange habituel de taquineries auquel se livrent les cousines. Elle contemple, songeuse, la grandiose église construite par le doge Contarini pour le saint patron de Venise. L'immense monument domine la *piazza*. Il recèle certainement de nombreuses salles, chapelles et sombres recoins qui peuvent fournir de bonnes cachettes.

« L'énigmatique signature de Filippo est peut-être en fait un indice concernant son lieu de détention, raisonne la détective. Je sais où il faut commencer nos recherches ! Dans la basilique Saint-Marc ! »

chapitre 6

Prisonnières !

À leur descente du *vaporetto,* les jeunes filles se hâtent vers l'hôtel. À sa déception, Alice apprend qu'elle a manqué, de quelques minutes à peine, l'appel tant attendu de son père.

— Je vais essayer de le joindre tout de suite. Je ne voudrais pas qu'il s'inquiète.

Dès qu'elles ont regagné leur chambre, la détective se saisit du téléphone.

— Allô, papa ? fait-elle en entendant la voix énergique de l'avocat résonner dans le combiné. Comme je suis contente de pouvoir enfin te parler !

Elle explique à M. Roy les ennuis qui sont arrivés à Ned et aux autres étudiants, mais elle ajoute rapidement :

— Heureusement, on a rencontré une *duchessa* qui...

— ... a des relations en haut lieu ? complète son père en riant.

— Exactement !

Elle raconte tout ce qui s'est passé, puis termine sur un ton joyeux :

— Voilà toute l'histoire. Donc pas de mission pour papa cette fois-ci !

— Tu m'en trouveras peut-être une avant mon arrivée ?

— Ton arrivée ? Tu viens en Italie ?

— Après-demain. Crois-moi, c'est une surprise pour moi aussi. Je dois aller aider un client qui est en déplacement à Rome. Il avait l'intention de signer un gros contrat avec une société italienne qui cherche à s'implanter aux États-Unis. Mais il y a eu un problème que j'ai attaqué ici par un bout, alors qu'un confrère de Rome était censé s'occuper de l'autre.

— Qu'est-ce que tu veux dire par « était censé » ?

— Eh bien, l'avocat n'a pas l'air d'avoir suivi l'affaire aussi sérieusement que son client l'aurait souhaité. Enfin, je ne veux pas t'ennuyer avec cette longue histoire.

— Tu ne m'ennuies pas du tout ! J'espère seulement que tu trouveras le temps de profiter de ton séjour ici. Tu viendras à Venise, hein ?

Elle perçoit une légère hésitation dans la voix de son père.

— Si je peux m'arranger... Je t'appellerai dès mon arrivée à Rome. Je descendrai au *Grand Hôtel*.

La conversation prend fin. Bess pousse un soupir.

— Je suis épuisée ! lâche-t-elle.

— Pourtant il n'est pas encore trois heures, observe Marion tout en bâillant elle aussi, involontairement.

— On dirait que je ne suis pas la seule à piquer du nez ? rétorque sa cousine.

Elle s'allonge sur son lit et ferme les yeux. Pendant ce temps, Alice fait le point de la situation.

— Il nous reste une heure avant d'aller accueillir les garçons à leur sortie du commissariat, récapitule-t-elle. Je vais en profiter pour visiter la basilique en chemin. Vous m'accompagnez ?

— Évidemment, assure Marion.

Mais un ronflement provenant de l'oreiller de Bess indique que celle-ci dort déjà profondément.

— Eh bien, on n'a qu'à lui laisser un message.

— Bonne idée, approuve Alice.

Elle griffonne quelques mots sur un papier à en-tête de l'hôtel.

— Je lui donne rendez-vous dans trois quarts d'heure devant le portail central.

— Et si elle ne se réveille pas à temps ?

— Alors on ira au poste sans elle.

Ayant réglé ce problème, les deux jeunes filles quittent l'hôtel et se dirigent vers la *piazza*. Celle-ci est à présent pleine de pigeons et de centaines de touristes.

— C'est magnifique ! murmure Marion en suivant la détective dans l'église.

Elle admire les mosaïques et les marbres polychromes dont la splendeur égale l'harmonie des coupoles et des arcs. Pendant qu'elles cheminent vers la cathédrale, Alice lui expose son raisonnement : il est possible que le lion ailé dessiné sur la missive de Filippo désigne la basilique ; cela signifie peut-être que le neveu de Maria Dandolo est détenu dans l'édifice. Mais constatant l'innombrable foule qui y défile, les filles commencent à en douter.

Elles restent néanmoins dans le flot des visiteurs. Arrivées enfin dans le chœur, elles s'extasient devant un retable d'or ouvragé serti d'émaux et de pierres précieuses.

— Superbe... souffle Alice.

Au milieu d'autres touristes, qui prennent des photos, elle recule pour avoir une meilleure vue d'ensemble.

Marion a descendu quelques marches de marbre et demeure légèrement à l'écart. À sa grande surprise, son amie s'élance soudain vers elle et l'attrape par le bras.

— Viens vite, ordonne-t-elle.

— Hein ?

— Je t'expliquerai plus tard !

56

La détective entraîne sa compagne de l'autre côté de la basilique, plongé dans la pénombre.

— Tu peux me dire où on va ? questionne Marion.

— Tout à l'heure, pendant que je contemplais l'autel, un homme s'est approché de moi par-derrière, explique Alice. Malheureusement, il s'est enfui aussitôt vers la partie latérale de la cathédrale et je n'ai même pas pu voir son visage.

— Est-ce qu'il t'a parlé ?

— Oui. Il... il m'a avertie que je devais rompre tout contact avec la famille Dandolo, sinon...

— Sinon quoi ?

— Il m'a dit que je finirais comme le doge Dandolo, qui...

— ... est enterré dans une crypte, ici, en bas, complète Marion en frissonnant.

— Exact.

— On ferait peut-être mieux de rentrer à l'hôtel.

— Ah non ! s'exclame la jeune héroïne.

Nullement intimidée par la mystérieuse menace, Alice avance dans la nef transversale. Tout au bout, elle découvre une petite chapelle vide. Il y flotte une odeur âcre de suif brûlé. De toute évidence, quelqu'un vient de souffler les cierges disposés près d'une porte cachée dans l'obscurité. Intriguées, les filles s'approchent, se demandant si l'inconnu s'est enfui par là.

Soudain elles entendent un bruit de pas précipités, la porte s'ouvre brusquement et deux paires de bras puissants se saisissent d'elles.

— Laissez-m... ! s'égosille Marion, sa voix vite étouffée par la main qui l'entraîne de l'autre côté du seuil.

Alice aussi tente de crier, mais en vain : on lui applique rapidement un bâillon, puis on la jette face à terre, à côté de son amie, sur quelque chose de mou, probablement une vieille couette. Ensuite, on leur lie les poignets et les chevilles. Leur besogne terminée, les hommes partent en verrouillant la porte derrière eux.

Dans la tête de la détective, les questions se bousculent : qui sont ces individus et qu'ont-ils l'intention de faire de leurs prisonnières ? sont-ils liés au rapt de Filippo ?

« Si c'est le cas, pense l'enquêtrice, ils nous maintiendront captives jusqu'à ce que le coup monté contre la famille Dandolo ait réussi ? »

Marion partage son angoisse. Elle essaie de se retourner, mais se trouve pressée contre un mur. Celui-ci est frais et humide. En y passant les doigts, elle rencontre comme une étroite fente courant à la verticale. Grognant sous son bâillon, la jeune fille tente de communiquer à sa compagne qu'elle a découvert une autre porte, peut-être ouverte, celle-là !

Alice comprend aussitôt son idée. Elle examine l'interstice de haut en bas, mais n'y découvre aucune poignée. Aussi, avec un soupir de découragement, elle se recouche sur la couverture qui sent le moisi.

Bess, de son côté, a fini par sortir de son profond sommeil et, après avoir trouvé le message d'Alice, fait rapidement un brin de toilette. Puis elle prend l'ascenseur. Alors qu'elle se dirige vers la sortie, elle est arrêtée au milieu du hall par le réceptionniste.

— Hep ! où courez-vous comme ça ? demande-t-il avec un grand sourire. Prenez donc votre temps, profitez de la *dolce vita* italienne !

— J'ai rendez-vous avec mes amies devant la basilique Saint-Marc, confie-t-elle.

— Eh bien, je peux vous accompagner.

Bess regarde son interlocuteur d'un air perplexe. Tout en ne voulant pas l'offenser, elle répond d'un ton abrupt :

— Je suis sûre que je trouverai la *piazza* par moi-même.

— Je vous montrerai un raccourci que seuls les Vénitiens connaissent... insiste l'homme.

Voyant que toute discussion est inutile et ne voulant pas perdre davantage de temps, la jeune fille laisse l'employé la suivre dehors.

— Vous n'avez pas de travail ? interroge-t-elle.

— Pas encore, mon service commence plus tard. Mais parlez-moi un peu de vous et de vos amies. Vous pensez rester longtemps à Venise ?

— Non. Seulement une semaine. À moins que...

— À moins que quoi ?

À présent, ils franchissent un petit pont, juste avant un dédale de ruelles qui aboutissent toutes à la place. Bess en profite pour ne pas répondre.

— Merci beaucoup de m'avoir accompagnée, déclare-t-elle poliment dans l'espoir de pouvoir se débarrasser de l'importun, la basilique étant déjà en vue.

Mais l'autre fait semblant de ne pas avoir entendu. Il lui emboîte le pas jusque sous les arcades. En arrivant devant le portail principal de l'église, la jeune fille constate, déçue, que ses amies ne s'y trouvent pas.

— Je ne les vois nulle part, articule-t-elle, troublée.

— Elles sont peut-être à l'intérieur.

— Peut-être.

— Venez avec moi, dit l'homme d'un ton autoritaire. Nous les retrouverons.

— Mais...

Bess tente de protester. Elle risque de manquer ses acolytes si celles-ci sortent pendant qu'elle est à l'intérieur. Toutefois, elle reste sur les talons de son guide, espérant que Marion et Alice l'auront attendue avant de partir pour le commissariat.

Une fois dans la basilique, cependant, la jolie blonde peine à suivre le réceptionniste. Il louvoie entre les immenses colonnes de marbre en direction de la nef transversale. La vacancière s'arrête un instant pour promener son regard sur la foule, mais n'y découvrant ni Alice ni Marion, elle court rattraper l'employé. Soudain, elle s'arrête de nouveau. Elle se rend compte que l'homme l'a entraînée à l'écart des autres touristes.

Son instinct lui dit de revenir en arrière, mais à ce moment-là, la voix de son guide lui parvient de l'ombre.

— Elles sont ici ! appelle-t-il, attirant Bess plus loin.

chapitre 7

Attaque sur la lagune

Bess avance avec précaution dans la chapelle obscure où flotte encore une faible odeur de cierges récemment éteints.

— Où êtes-vous ? questionne-t-elle, dominant mal sa nervosité.

— Par ici ! répond l'homme, mais l'écho renvoyé par la pièce vide empêche la jeune fille de s'orienter.

— Où ? Je ne vous vois pas, s'affole-t-elle.

Son guide craque une allumette et allume une des bougies. Des ombres inquiétantes se profilent sur la porte du fond. Bess frissonne. Elle veut rebrousser chemin, mais trop tard ! Un épais foulard s'abat sur sa tête, enserrant sa bouche et étouffant ses cris. Elle se débat furieusement, mais ses assaillants – car il y en a deux – la poussent à travers la porte ouverte. Aveuglée par le tissu, elle trébuche sur ses amies et tombe sur elles, leur arrachant des gémissements. Puis on lui lie les poignets et les chevilles.

— Si vous faites le moindre bruit, rugit l'un des hommes, on vous noiera dans le canal le plus profond de Venise ! De toute façon, avec ces beaux bâillons, vous ne risquez pas d'articuler grand-chose !

Il ricane. La porte se referme et les agresseurs partent.

Jusque-là, Alice et Marion ont espéré que Bess parviendrait à les libérer. Mais leur espoir s'évanouit, quand elles découvrent que leur compagne a été prise au piège, elle aussi. Maintenant, elles en viennent à se demander si elles reverront jamais Ned, Daniel et Bob !

Malgré la promesse de la *duchessa,* il est presque huit heures quand Ned, Daniel et Bob sont enfin autorisés à quitter le commissariat. Ils se présentent au *Dei Fiori Hotel.*

— Bonsoir, lance Ned au concierge. On avait réservé une chambre au nom de « Nickerson », mais on a eu un... contretemps. Pouvez-vous nous donner maintenant notre clef, s'il vous plaît ?

L'homme leur confie un petit trousseau. Les trois étudiants gagnent rapidement leur chambre. Bob se saisit du téléphone pour appeler les filles, pendant que ses amis rangent leurs affaires dans les tiroirs de la commode. À sa surprise, il n'obtient aucune réponse.

— C'est bizarre, s'étonne Ned.

— Elles ont peut-être été retenues quelque part, suggère Bob, ne croyant pas si bien dire.

— Mais ça ne leur ressemble pas, insiste le compagnon d'Alice avec un étrange sentiment de malaise. Allons demander à un employé de l'hôtel si nos amies ont laissé un message pour nous à la réception.

Il s'adresse de nouveau au concierge.

— Vous n'avez vraiment aucune idée de l'endroit où ont pu aller Mlles Roy, Webb et Taylor ? s'enquiert-il.

Il remarque que des gouttes de transpiration perlent au front de l'employé.

— Non, aucune, mais... ah ! je me rappelle maintenant... elles ont mentionné le Lido.

— La plage ? fait Daniel en riant. Je doute qu'elles puissent beaucoup bronzer à cette heure-ci ! Il fait presque nuit !

— Oui, mais c'est très animé là-bas, le soir, réplique l'homme, irrité. Vos amies se sont peut-être trouvé de charmants chevaliers servants !

Cette remarque pique Daniel au vif.

— Bon, reprend-il. Comment on y va, au Lido ?

— Par la navette de l'hôtel, répond son interlocuteur. Mais ça vous obligera à attendre encore une bonne heure. Il vaut mieux que vous preniez un canot-taxi, à gauche en sortant.

Après s'être interrogés du regard, les garçons adoptent immédiatement cette solution.

— Passez par cette porte, conseille le réceptionniste avec un mouvement du menton. Et bonne soirée !

— Merci ! lance Ned.

Mais, une fois dehors, il s'aperçoit qu'il a oublié son portefeuille dans la chambre. Il demande à ses amis de l'attendre et retourne à l'accueil. Il récupère sa clef, court vers l'ascenseur et monte au deuxième étage, à la chambre 214. Cependant, quand il veut ouvrir la porte, il trouve celle-ci bloquée. Il s'escrime vainement sur la serrure. Il finit par abandonner et redescend au rez-de-chaussée. Par malchance, l'employé n'est plus à son poste.

« Que faire ? » se demande le garçon.

Entendant une voix dans le bureau adjacent à la réception, il y entre. Là, un homme portant la veste d'uniforme de l'hôtel parle avec animation au téléphone. Il regarde Ned sans pour autant interrompre sa conversation.

— Ned ! appelle alors Daniel par la porte donnant sur l'embarcadère. Dépêche-toi ! Le taxi attend !

— J'arrive ! réagit son ami en déposant la clef sur le comptoir. J'espère simplement qu'à vous deux vous avez assez d'argent pour nous payer la course !

Il explique à ses compagnons qu'il lui a été impossible de pénétrer dans leur chambre.

— Bizarre ! fait Bob. Cette nuit, on sera peut-être obligés de dormir sur un de ces sofas baroques, dans le hall d'entrée !

Le trio grimpe dans le canot.

— Lido ! dit Ned au conducteur pour confirmer leur destination.

— *Si*, *capito*, répond l'homme et, sur l'eau noire, il dirige l'embarcation vers la lagune où un bateau de croisière brille de tous ses feux.

Daniel descend dans la cabine. Ned et Bob préfèrent rester à l'extérieur. Fascinés, ils regardent le sillage d'écume à l'arrière du canot lancé à vive allure dans le chenal balisé qui mène au Lido. Quand la plage est en vue, Bob déploie un plan de la station balnéaire et relève les noms des principaux lieux de divertissement nocturne. L'un d'eux, vers lequel ils semblent se diriger, s'appelle l'*Excelsior.*

— Il fait bien sombre dans ce coin, constate Daniel qui passe la tête par l'écoutille pour humer la brise.

— Noir comme dans un four, renchérit Bob.

— Et on ferait bien, tous les deux, de se baisser avant d'être décapités par le prochain pont ! l'avertit Ned.

Le pilote leur a déjà intimé l'ordre de s'asseoir. Le regard fixé droit devant lui, il coupe le moteur, laissant la petite vedette glisser lentement entre les murs de brique et s'engager sous l'arche basse en pierre.

À cet instant, le compagnon d'Alice aperçoit la silhouette d'un homme de l'autre côté du pont. Il est descendu à l'aide d'une corde et, d'une main, se tient suspendu du côté droit de l'arche. De l'autre, il jette vers eux un objet aux contours indistincts.

— Attention ! crie Ned au pilote.

Aussitôt, celui-ci relance le moteur et part en marche arrière. Le mystérieux projectile manque son but de quelques mètres et s'enfonce sous l'eau.

— Qu'est-ce que ça pouvait bien être ? s'écrie Bob.

— Eh bien, à mon avis, ce type n'a pas joué les acrobates pour nous jeter une simple pierre, estime le compagnon d'Alice gravement.

— Tu as raison. C'était probablement une sorte de bombe, grommelle Daniel.

— Heureusement qu'elle n'a pas touché le canot et explosé, ajoute le troisième. On serait transformés en un tas de *spaghetti* à l'heure qu'il est.

Entre-temps, leur pilote continue à s'éloigner du pont en marche arrière. Ned s'approche de lui.

— *Prego,* s'il vous plaît, commence-t-il. On doit se rendre à l'*Excelsior* !

Mais l'homme lui crie quelque chose en italien et refuse de reprendre le chemin du Lido.

— Il a peur, commente Bob. Il sait qu'il s'agissait d'un attentat.

— Dans ce cas, on risque d'être bloqués, rouspète Daniel. On ne trouvera pas d'autre taxi avant des heures. Il va falloir employer les grands moyens.

— C'est-à-dire ? questionnent ses deux amis,

intrigués par les regards qu'il lance vers l'eau boueuse du canal.

— Eh bien, il faut lui montrer qu'il n'y a pas de danger, poursuit l'étudiant en commençant à se déshabiller. Suivez-moi !

— Mais tu es fou ! proteste Ned.

Ses mots sont couverts par les cris furieux du navigateur : Daniel vient de plonger.

— Maintenant, notre pilote n'a plus d'autre choix que de se remettre en route ! chuchote Bob en voyant celui-ci remettre à contrecœur son canot en marche avant.

— Il faut reconnaître que le stratagème a réussi, constate Ned.

Leur compagnon parcourt quelques mètres à la nage avant d'être rattrapé. Il hésite cependant à remonter dans le bateau. Il craint une dispute avec le conducteur, et, pire encore, que celui-ci ne s'obstine malgré tout à vouloir rebrousser chemin. Mais les deux autres étudiants, estimant qu'il a fait assez de sport pour la soirée, le tirent de force hors de l'eau.

En fait, le navigateur se contente de lui lancer un regard furieux.

— Brrr ! fait le nageur en frissonnant. Un peu glacial, ce bain !

— Tiens, sèche-toi ! recommande Bob en lançant à Daniel une serviette prise dans la cabine.

— Pour récompenser ton exploit, je devrais t'offrir une grande assiette de *pasta* ! plaisante Ned. Dommage que j'aie oublié mon portefeuille !

Son ami, qui se rhabille en hâte, lui envoie un clin d'œil.

— Eh bien, ça ne sera que partie remise !

Ensuite, l'embarcation passe sous un autre pont et accoste peu après le débarcadère du club. Après avoir payé le pilote, qui, en guise de remerciement, émet un grognement de colère, Daniel suit ses amis dans un vaste hall bordé de vitrines donnant sur un long couloir. Le son d'une musique rythmée leur parvient du premier étage. Les garçons grimpent l'escalier quatre à quatre, croisant des personnes en tenues de fête. Arrivés à l'entrée de la bruyante salle de danse, ils s'arrêtent un instant.

— Tiens ! voilà Alice ! s'écrie Daniel, attirant l'attention de Ned sur une jolie fille à la chevelure blond-roux vêtue d'une robe verte satinée.

Celle-ci quitte la piste avec son cavalier et va s'asseoir à une table de six personnes. Peu après, une blonde qui ressemble à Bess émerge également de la foule.

— Le réceptionniste avait donc raison. Elles ont trouvé des flirts et sont venues ici pour danser.

— Hum ! fait Daniel, les lèvres pincées. Pour leur donner une leçon, on devrait quitter l'Italie sans même les prévenir.

— J'ai une meilleure idée, annonce Bob d'un ton malicieux.

chapitre 8

L'indice de la casquette

Pendant que leurs compagnons observent la foule des danseurs, Alice, Bess et Marion gisent ligotées et bâillonnées dans leur sombre prison. Le froid humide qui y règne les fait frissonner. Plusieurs heures se sont écoulées. Leurs ravisseurs ont-ils l'intention de les abandonner là pour toujours ?

« Je dois trouver un moyen pour nous sortir d'ici », se dit Alice.

À chaque mouvement qu'elle fait pour essayer de se libérer, elle sent la corde autour de ses poignets s'enfoncer de plus en plus profondément dans sa chair.

Ses amies ont réussi à trouver des positions légèrement plus confortables : Bess s'adosse contre un des murs, Marion contre celui dans lequel est pratiquée la mystérieuse ouverture.

« Si seulement je pouvais me mettre debout pour l'examiner en entier ! » pense la jeune fille.

Elle s'arc-boute des épaules, presse ses pieds sur le sol, à côté de la couverture, et tente de se soulever progressivement. Très vite, elle retombe à terre. Elle recommence l'exercice, mais sans plus de succès.

« Allez, Marion Webb, à quoi te servent tes muscles d'athlète ? » s'encourage-t-elle.

Elle tente un nouvel essai, mais ses chevilles entravées lui font si mal qu'elle doit s'arrêter. Bess, de son côté, a découvert un morceau de bois rugueux qui saillit de la plinthe. Elle y frotte ses liens, réussit à en couper quelques brins et redouble d'efforts pour les rompre tout à fait.

Le silence qui les entoure a aiguisé l'ouïe des prisonnières. Le bruit que fait la corde raclant l'arête tranchante leur rend un peu d'espoir.

Alice, à la recherche d'un clou ou d'un éclat de bois pour trancher ses liens, se rapproche de Marion. Celle-ci, qui essaie encore une fois de se mettre debout, frappe le mur avec ses mains liées pour faire comprendre à son amie qu'elle a besoin de son aide.

« Elle veut probablement que je la soutienne », en déduit la détective, et elle place ses jambes de façon que son amie puisse y appuyer les pieds.

« Bien joué ! » se dit cette dernière.

Elle se tend de nouveau, les orteils pressés contre

les cuisses d'Alice. Lentement, mais sûrement, elle se pousse vers le haut.

« Elle a trouvé quelque chose – une poignée de porte peut-être ! » songe la jeune héroïne, tout excitée.

Elle demeure parfaitement immobile et attend que Marion lui donne un autre signal.

À un certain moment, au cours de son pénible exercice, celle-ci a rencontré effectivement un verrou. Mais alors qu'elle se déplace pour s'adosser au mur, le loquet se trouve hors de sa portée. Elle soupire de dépit. Toutefois, comme les liens autour de ses chevilles se sont un peu relâchés, elle songe que ses efforts n'ont pas été entièrement vains.

Bess, qui entre-temps s'est fatiguée à la tâche, cède sa lime de bois à Alice, qui y frotte à son tour ses entraves. Elle ne s'arrête qu'une fois, quand une crampe lui contracte douloureusement le bras.

« Je vais avoir de jolies zébrures aux poignets », réfléchit-elle.

Comme pour Bess, les brins extérieurs de ses liens cèdent l'un après l'autre, mais rien ne peut entamer le centre de la corde. La détective doit se rendre à l'évidence : l'intérieur est fait de métal !

Alors, comme cela ne lui arrive que très rarement, elle se sent découragée. Jamais elle ne pourra sectionner le câble de fer sur du bois. Pour cela, elle aurait besoin d'un objet beaucoup plus résistant.

Ignorant tout des épreuves que traversent leurs amies, les étudiants d'Emerson s'engagent sur la piste de danse du club. Ned garde les yeux rivés sur la table où vient de prendre place la fille aux cheveux blond-roux. Bob entraîne ses compagnons vers un groupe de trois jeunes et jolies inconnues.

— Vous ne seriez pas américaines, par hasard ? les aborde-t-il, provoquant les gloussements de deux d'entre elles.

— Pas vraiment, rétorque la troisième avec une petite moue de dédain. Moi je suis de Londres et mes copines viennent d'Autriche.

— Eh bien, fait Bob en s'éclaircissant la voix. Enchanté, mesdemoiselles !

— Très heureuse de faire votre connaissance, répond la plus grande des trois filles. Je m'appelle Helga Doleschal et voici Elke Schneider.

— Et moi, je suis Christina Mott, ajoute l'Anglaise.

La conversation s'émaille de rires quand les garçons entreprennent de raconter leur dernier voyage à Vienne, puis tous vont danser. Ned essaie d'attirer l'attention d' « Alice » en entourant une des Autrichiennes de ses bras. Mais, à la table, il n'y a plus personne. Et la détective n'est pas non plus sur la piste de danse !

— Quelque chose ne va pas ? demande Elke.

— Hein ? Oh, non, marmonne l'étudiant.

Il n'arrive pas à comprendre comment Alice et les cousines ont pu s'éclipser sans qu'il le remarque. Il s'approche de ses compagnons, et leur dit dans le creux de l'oreille :

— Je crois qu'elles sont parties. On devrait en faire autant. De toute façon, je suis vanné.

— Moi aussi, admet Daniel en étouffant un bâillement. Cette baignade dans le canal m'a épuisé.

— Comment ? Tu t'es baigné dans le canal ? s'écrie Helga. Je pensais que c'était défendu !

— En effet, confirme Bob en riant. Mais mon pote ne comprend pas les panneaux d'interdiction en italien !

La jeune fille pouffe.

— Vous devriez rester à Venise jusqu'à ce que vous ayez appris quelques rudiments de la langue. En ce qui nous concerne, on sera encore là jusqu'à samedi.

— Tu veux dire qu'en cas de besoin vous seriez disposées à nous donner quelques leçons ?

— *Senza dubbio !* minaude Elke. Absolument !

Les garçons quittent le club. Ils se demandent si Alice, Marion et Bess sont rentrées au *Dei Fiori Hotel*. Vu l'heure tardive, cela semble plus que probable.

— On les appellera dès notre retour, décide Daniel.

— Bonne idée ! approuvent les autres.

Lorsqu'ils sont arrivés au bout du couloir de l'*Excelsior*, Ned déclare :

— J'aimerais d'abord jeter un coup d'œil au pont.

— Quel pont ? Celui de tout à l'heure, quand on était à bord du taxi-bateau ?

— Exactement ! Celui d'où l'inconnu s'est suspendu pour nous attaquer !

— Et moi qui croyais que tu étais fatigué !

— Disons que l'air vif de la nuit m'a réveillé.

Il entraîne ses amis dans la rue.

Le trio descend quelques marches et, coupant à travers un massif de lauriers-roses, pénètre dans un jardin désert, au bord d'un petit canal.

— Et si on nous arrêtait pour intrusion dans une propriété privée ? s'inquiète Daniel.

— Ça serait toujours moins grave que d'être accusés de vol ! rétorque Bob, avec un sourire en coin.

À la lueur de quelques réverbères, les jeunes gens se dirigent vers le pont.

— Je suis sûr que cette bombe était de fabrication artisanale, murmure Ned.

— Heureusement qu'elle n'était pas faite pour exploser dans l'eau.

Au même instant, le compagnon d'Alice aperçoit une casquette de couleur foncée par terre. Se baissant pour la ramasser, il distingue également des traces de pas. Ce sont des empreintes assez petites et rapprochées. Elles correspondent donc à une personne moins grande que les garçons.

Il examine l'étiquette assez râpée qui se trouve à l'intérieur du chapeau.

— On est passés devant un magasin qui portait cette enseigne, non ?

Il montre la marque aux autres.

— Oui, sur le chemin du *Dei Fiori,* je crois, confirme Daniel. Mais des centaines de personnes doivent avoir ce genre de casquette. C'est très à la mode, tu sais ! Et le commerçant ne se rappellera certainement plus qui lui a acheté celle-ci.

— Quoi qu'il en soit, je la garde, décide Ned. Alice m'a appris qu'il ne fallait négliger aucun indice.

— Vous savez... articule Bob. Je ne suis pas convaincu que le projectile envoyé sur le taxi-bateau nous était destiné personnellement.

— Mais dans ce cas, il visait qui ?

— Notre chauffeur, peut-être.

— J'en doute, intervient Ned.

— Mais qui aurait voulu se débarrasser de nous ? interroge Bob.

— Mystère... fait Daniel. C'est peut-être lié à l'affaire de la figurine de verre.

— Probablement. Je donnerais cher pour savoir qui a mis cette œuvre d'art dans mon sac !

À ce moment, ils entendent le bruit d'une vedette : elle semble s'éloigner de l'embarcadère de l'*Excelsior.*

— Zut ! J'ai l'impression qu'on vient de rater notre navette de retour.

Ils échangent un regard contrarié.

— Eh bien, on prendra la prochaine, lance Ned avec optimisme.

— L'ennui, c'est qu'il n'y en aura pas d'autre avant demain matin ! annonce Daniel. J'ai regardé la liste des horaires.

— Tu en es sûr ?

— Sûr et certain.

— Avec tout ce qui nous est déjà arrivé ce soir, je m'attends à une nouvelle catastrophe, soupire Ned. Par exemple, un gros orage, alors qu'on n'a aucun moyen de regagner l'hôtel !

Au même instant, un éclair zèbre le ciel et de grosses gouttes de pluie se mettent à ruisseler sur les visages des garçons.

— Eh bien, voilà ! ajoute le compagnon d'Alice, haussant les épaules, dépité. Vraiment tout pour faciliter notre travail de détectives !

chapitre 9

Contretemps

Sous la pluie battante qui fouette l'eau du canal, Ned et ses amis courent à toutes jambes vers l'embarcadère d'où le bateau vient de partir. Ils essayent d'attirer l'attention du pilote. En vain. L'averse redouble d'intensité.

— Vite, halète Daniel. L'employé du quai pourra peut-être rappeler la vedette par radio !

Mais, blotti dans son abri, l'agent bavarde avec quelqu'un.

— *Scusi*, fait Bob en essayant de couper la conversation pendant que ses compagnons échangent des regards consternés.

Finalement, l'homme daigne s'occuper d'eux. Ayant appris leur mésaventure, il promet d'appeler un taxi dès que la tempête se calmera.

— Ça prendra des heures, pronostique Daniel, l'air sombre.

— J'espère bien que non ! s'écrie Ned. Je suis mort de fatigue et...

Il s'interrompt : une demoiselle aux cheveux blond-roux en robe de soie verte et munie d'un grand parapluie descend le perron de l'hôtel. Elle s'arrête un court instant devant la vitrine d'une boutique de mode, puis, se sentant dévisagée par le garçon, se retourne.

— Regardez ! murmure ce dernier. C'est la fille qu'on a vue tout à l'heure à l'*Excelsior*.

— Et ce n'est pas Alice ! constate Bob, surpris. Qu'est-ce qu'on fait maintenant ?

— Eh bien, avant toute chose, appelons le *Dei Fiori* pour demander si nos copines sont de retour.

— Bonne idée, approuvent les deux autres en le suivant à la réception du club.

Après avoir donné une courte explication à l'employé, Ned reçoit l'autorisation d'utiliser un téléphone. Le réceptionniste de l'hôtel répond au bout de quelques secondes. Mais sa réponse est négative : les jeunes Américaines ne sont toujours pas rentrées.

— Oh, attendez un instant, ajoute-t-il, j'ai un message pour vous. Je vous le lis ?

— Oui, s'il vous plaît, répond Ned d'un ton pressant.

Il écoute impatiemment, à l'autre bout du fil, le bruit d'un papier qu'on sort d'une enveloppe.

— Voilà : « *Nous sommes désolées de ne pas avoir pu vous voir aujourd'hui. Il s'est produit un*

événement imprévu et nous avons dû quitter Venise. Nous essaierons d'être de retour demain, mais, en cas d'impossibilité, nous nous retrouverons à River City »... Et c'est signé : « *Alice Roy* »...

— C'est tout ?

— *Si.*

— Mettez-le dans notre casier. On le prendra à notre retour.

— Entendu, monsieur.

Troublé, le jeune homme raccroche. Il rapporte à ses amis la teneur de la lettre.

— Ce qui m'étonne, entre autres choses, c'est la froideur du ton, remarque-t-il.

— C'est vrai. Elle aurait au moins pu ajouter un mot affectueux... Est-ce qu'elle signe toujours de son nom de famille ?

— Jamais, justement. Et ce qui m'inquiète encore plus, c'est qu'elle n'indique pas leur destination.

— Les filles sont peut-être en mission secrète, avance Bob.

— D'habitude, elles nous y font participer, réplique Daniel.

— Et que penser de cette phrase : « *En cas d'impossibilité, nous nous retrouverons à River City* » ? ajoute le compagnon d'Alice, de plus en plus méfiant.

— C'est assez sec... En arrivant à l'hôtel, on jettera un coup d'œil sur l'écriture ; on saura alors si ce message est bien d'Alice.

Un autre roulement de tonnerre met fin à la conversation. Le trio ressort pour aller réclamer le taxi promis. Mais l'employé responsable des transports reste inflexible.

— Je regrette, déclare-t-il. Je ne peux rien pour vous. Vous voyez cette tempête ? Aucun bateau ne voudra venir !

— Et s'il s'agissait d'une urgence ? questionne Bob.

— Ce serait tout aussi impossible. Regardez la pluie. Elle tombe de plus en plus fort.

Pendant que l'agent parle, de violentes rafales passent sur le canal, soulevant de hautes vagues.

— Trop dangereux, trop dangereux, répète-t-il. Allez vous asseoir dans le hall du club. Ou bien allez danser !

Mais les étudiants n'ont pas le cœur à s'amuser ; ils se sentent désemparés et inquiets. Où peuvent bien avoir disparu Alice, Bess et Marion ?

En attendant la fin de l'orage, ils flânent de nouveau, regardant les vitrines qui bordent les couloirs.

— Hé, venez voir ! appelle Daniel pour attirer l'attention de ses amis.

— Hein ? fait Ned distraitement.

Puis il est lui aussi interpellé par les objets en verre filé sur une étagère.

— Pas possible ! s'exclame-t-il. Ces figurines ressemblent à celle que le douanier a trouvée dans mon sac !

Ils remarquent la signature au bas de l'estampille

du fabricant : c'est une version originale du fameux lion ailé suivie du nom « *Filippo* ».

— Ces bibelots sont de véritables œuvres d'art, commente Bob. Ils ne portent aucune étiquette, ce qui veut sans doute dire qu'ils coûtent très cher !

Ils cherchent d'autres pièces du même artiste. N'en trouvant pas, ils poursuivent leur chemin.

— Je viens de penser à une chose, lâche brusquement Daniel. Et si le message d'Alice était un faux ? Le réceptionniste a entendu les filles mentionner le Lido. Elles sont peut-être encore ici !

— Non, elles ne sont pas du genre à rater la dernière navette pour le *Dei Fiori,* réplique Bob.

— À moins d'un cas de force majeure, ajoute Ned. Si le temps s'apaise, on pourra encore faire des recherches sur la plage et dans tous les hôtels du coin.

Mais, après une brève accalmie, la tempête reprend de plus belle.

— J'ai l'impression qu'on devra dormir ici et remettre nos investigations à demain, conclut le compagnon d'Alice.

Ils parcourent le Lido, en quête d'une auberge ou d'une pension. Un seul établissement possède une chambre disponible. Elle est beaucoup plus chère que les étudiants ne l'ont prévu, mais ils la prennent tout de même.

— Quelques sous de plus ou de moins, peu importe... nos amies sont peut-être en danger ! observe Daniel alors qu'ils remplissent leurs fiches.

— Très juste, approuve Ned. Mais souvenez-vous que je n'ai pas mon portefeuille.

— Dans ce cas, on se passera de petit-déjeuner.

— On a vu pire ! déclare Bob avec bonne humeur.

Les jeunes gens suivent l'employé à l'ascenseur, puis à leur chambre qui se révèle être une petite suite.

— Waouh ! font-ils en examinant les meubles recouverts de velours et les tentures à franges.

— Je suis épuisé ! annonce Daniel.

Il souligne sa déclaration d'un bâillement sonore.

— Moi aussi, ajoute Ned en se laissant tomber sur ses oreillers.

La pluie continue à tambouriner contre les vitres.

Cependant, le lendemain matin, les garçons se réveillent dans un bain de lumière.

— Fermez les rideaux ! implore Bob en se cachant la tête sous le drap.

Ned a déjà sauté dans la douche, laissant à Daniel le soin de tirer leur ami du lit.

— Debout ! Il est neuf heures passées.

— D'accord, marmonne l'autre sans bouger pour autant.

— Tu ne veux donc pas retrouver Bess ? insiste Bob, sûr de l'efficacité de son argument.

— Évidemment ! Mais accorde-moi encore cinq minutes.

Finalement, il est déjà dix heures quand ils descendent dans le hall. Ned téléphone une nouvelle fois au *Dei Fiori* pour demander s'il y a eu un autre message d'Alice. Ses craintes se trouvent confirmées : sa compagne n'a plus donné signe de vie.

Or, dans le courant de la nuit, les jeunes enquêtrices ont été transportées dans une autre pièce, à l'intérieur de la basilique. Cela s'est produit pendant leur sommeil. Pour supprimer toute résistance, leurs ravisseurs ont imbibé les bâillons d'un liquide soporifique au goût douceâtre. À leur réveil, les prisonnières ressentent un léger mal de tête et hument l'odeur écœurante du produit qu'on leur a fait respirer.

« Ils nous ont droguées, se dit Alice. Mais pourquoi ? »

Elle étend les jambes pour toucher du pied le mur familier, mais celui-ci a disparu. La détective comprend alors qu'on les a installées dans une autre salle. Sans aucun doute, cette nouvelle cachette doit être encore plus difficile à trouver !

Pour se consoler, la jeune héroïne se dit que Ned et ses amis doivent être sortis du commissariat.

« Ils se rendront droit à notre hôtel, songe-t-elle. Quand ils constateront notre absence prolongée, ils sauront qu'il nous est arrivé quelque chose et commenceront à nous chercher ! »

chapitre 10

Une troublante découverte

L'autre espoir d'Alice, c'est l'arrivée prochaine de son père en Italie. M. Roy se joindra aux recherches, à moins que, tellement pris par ses affaires, il ne puisse téléphoner à sa fille qu'en fin de semaine !

Ruminant ces pensées, la détective se traîne en arrière, heurtant Marion et Bess qui se sont rendu compte, elles aussi, qu'on les a mises dans une autre pièce. Toutes trois entreprennent de l'explorer. Alice est la première à découvrir un vieux radiateur à la base duquel pointe un bout de tuyau.

Elle y frotte énergiquement le fil qui entrave toujours ses poignets. Au bout d'un moment, ses liens se rompent. Enfin, elle a les mains libres ! D'un geste vif, elle arrache son bâillon.

— J'ai réussi ! annonce-t-elle, toute joyeuse, à ses amies. Maintenant, je vais me débarrasser de la corde autour de mes chevilles. Dans une minute, je m'occuperai de vous !

Mais elle se tait brusquement : des pas se font entendre dehors, sur le sol de marbre.

— Quelqu'un vient par ici, chuchote-t-elle en remettant vite son bâillon.

Le bruit s'arrête un instant. La jeune fille se demande s'il s'agit d'un de leurs geôliers. Puis elle entend deux voix graves qui marmonnent en italien. Elle parvient à distinguer quelques mots, dont celui de « Dandolo » !

« Les kidnappeurs de Filippo ! » pense-t-elle.

Mais que disent-ils au sujet du jeune artiste ?

Elle délie rapidement les entraves de ses amies et leur ordonne de se tenir tranquilles. Puis elle scrute par le trou de la serrure. Par malchance, celui-ci est obstrué et elle ne peut apercevoir les deux hommes.

— Qu'est-ce qu'ils feront s'ils nous trouvent libérées ? murmure Bess d'un ton anxieux.

— Chut ! fait Marion. Alice essaie d'écouter !

Mais cette dernière n'a guère de succès : les quelques bribes de conversation qu'elle parvient à saisir semblent n'avoir aucun sens.

— Ils disent quoi ? questionne Bess.

— Tais-toi ! admoneste sa cousine.

— Je ne suis pas sûre... Quelque chose au sujet de « Rome » et de « Murano », répond Alice.

— Rome et Murano ? répète Marion. Je me demande si...

Le bruit de pas reprend et la détective s'écarte vivement de la porte.

— Vite ! Remettez vos bâillons et les cordes ! lance-t-elle.

Les autres se hâtent d'obéir. Retenant leur souffle, les trois amies entendent les inconnus s'arrêter de l'autre côté du mur. Ils continuent à converser, mais leurs voix deviennent encore plus faibles et indistinctes : ils s'éloignent dans une autre direction !

— Ouf ! souffle la jeune héroïne quand elle est certaine que leurs ennemis sont partis.

— Et qu'est-ce qu'on fait maintenant ? interroge Bess, angoissée.

D'habitude, ses compagnes cherchent à la réconforter, mais cette fois, sa cousine doit se résigner à répondre :

— Je n'en sais vraiment rien.

— Moi non plus, reconnaît Alice, mais...

— Mais quoi ?

— Eh bien, on a le choix entre attendre ici, et tenter de s'échapper.

— Mais comment ?

— J'ai une idée...

Pendant que la détective expose son plan d'évasion, les étudiants de l'université d'Emerson entreprennent des recherches.

Après avoir réglé leur note d'hôtel, ils sont descendus sur la plage et ont commencé à observer discrètement les grandes cabines sans porte, dans l'ombre desquelles se tient une partie des baigneurs.

— On devrait peut-être demander si les filles en ont loué une, suggère Ned.

— Bonne idée !

À l'entrée, ils tombent sur plusieurs clients du *Dei Fiori* qui viennent d'arriver. Ils attendent qu'on leur attribue une des cabines.

Malgré leur impatience, les garçons se rangent poliment jusqu'à ce que les touristes aient terminé, puis ils posent leur question au plagiste. À leur déception, ils obtiennent une réponse négative.

— Elles sont peut-être installées plus loin, avance Bob.

— Impossible. Les clients du *Dei Fiori* viennent à l'*Excelsior*, explique Ned. Les deux établissements ont passé un accord à ce sujet.

Les jeunes gens se remettent à marcher. Ils ne s'arrêtent qu'un instant pour admirer l'eau d'un bleu profond qui clapote sur le rivage.

— J'aimerais tellement m'allonger ici et faire le lézard ! soupire Daniel, le visage levé vers le soleil.

— Ce n'est pas encore aujourd'hui qu'on bronzera ! réplique Bob en riant.

Puis il ajoute :

— Qui pourrait croire qu'il y a eu une terrible tempête hier soir, hein ?

Un examen plus attentif révèle toutefois d'assez graves dommages : une ligne téléphonique a été arrachée et un panneau de signalisation renversé.

La visite de la plage s'étant révélée infructueuse, le trio rentre aussitôt au *Dei Fiori* par la navette suivante. Dès leur arrivée, ils demandent à voir le message d'Alice.

À leur grande surprise, il ne se trouve pas dans leur casier.

— Mais le réceptionniste à qui j'ai parlé hier nous avait promis de nous le laisser, insiste Ned.

— Alors c'est à lui qu'il faudra vous adresser, rétorque l'homme derrière le comptoir. Moi, je ne suis au courant de rien.

— Vous pourriez nous ouvrir la porte de la chambre 124 ? poursuit le garçon. Je n'y suis pas parvenu, la nuit dernière.

Son interlocuteur paraît stupéfait.

— Comment êtes-vous entrés, alors ? s'enquiert-il.

— On n'a pas passé la nuit ici, explique Daniel. On est restés bloqués au Lido, à cause de la tempête.

— Ah bon ! Un petit instant, s'il vous plaît. Je vais chercher quelqu'un pour vous aider.

L'employé disparaît dans le bureau arrière et revient avec un groom. Celui-ci monte avec les garçons à l'étage. Ils le regardent introduire la clef dans la serrure et ouvrir la porte sans difficulté.

— Ça alors ! Pas possible ! s'écrie Ned.

— Ah ! ah ! s'esclaffe Bob. Alors ? tu avais imaginé un stratagème pour économiser quelques sous, hein ?

— Comme toujours ! réplique le compagnon d'Alice en riant.

Il ouvre le tiroir d'une commode et récupère son portefeuille. Il en sort quelques billets.

— Tiens, voilà pour toi, déclare-t-il en les faisant tomber dans la paume de son ami.

— C'est trop ! s'exclame Daniel, abasourdi.

— Eh bien, je ne veux pas passer pour un rapiat ! répond Ned, avec un clin d'œil.

Brusquement, il s'approche d'un miroir accroché au mur.

— Hé, qu'est-ce que c'est que ça ?

Il désigne une fêlure au bas de la glace.

— Comment c'est arrivé ? s'étonne Bob. On dirait que quelqu'un a jeté un objet contre le verre !

— Ceci peut-être ? observe Daniel en montrant un canif qu'il vient de ramasser par terre. C'est mon couteau suisse : je l'avais rangé dans la commode.

Il ouvre son tiroir et s'aperçoit que tout y a été mis sens dessus dessous.

— On a cambriolé notre chambre ! s'écrie-t-il. Vérifiez les autres tiroirs et vos bagages !

Ses amis se hâtent de regarder leurs affaires. Ils ne constatent rien d'anormal.

Ned examine attentivement la fissure dans le miroir.

— L'intrus a peut-être fait ça par dépit, parce qu'il n'a pas trouvé ce qu'il cherchait.

— Ou alors il était très pressé. Le canif aurait

cogné contre la glace pendant qu'il vidait la commode.

— Je me demande pourquoi il n'a pas touché aux autres affaires... murmure le compagnon d'Alice. Ce n'est pas logique. Si ça se trouve, il était dans la chambre au moment où je suis revenu chercher mon portefeuille – quand il m'a entendu tenter de mettre la clef dans la serrure, il a dû arrêter sa fouille et tout refourrer hâtivement dans le tiroir.

— Tu crois vraiment qu'il aurait pris un tel risque ? s'étonne Bob. Un étranger surpris dans cette chambre par toi ou par un employé de l'hôtel aurait eu beaucoup de mal à justifier sa présence.

— Oui, mais supposons que l'intrus fasse partie du personnel ? suggère Ned en détachant les syllabes.

— O.K., Alice Roy ! lance Daniel avec un sourire espiègle. Quel est ton suspect ?

chapitre 11

Alice accusée

— Le réceptionniste, évidemment ! déclare Ned, très fier de sa déduction.

— Lequel ? questionne Bob.

— Celui qui est de garde le soir ! Je suis sûr qu'il m'a donné une mauvaise clef pour que je ne puisse pas entrer. Après avoir vainement essayé d'ouvrir notre porte, je suis redescendu dans le hall. Or, il n'était plus à son poste.

— Ça ne prouve pas qu'il se trouvait dans notre chambre, objecte Daniel.

— C'est vrai, mais rappelle-toi le message qu'il nous a lu au téléphone ! On est bien d'accord : le texte était très différent du style habituel d'Alice.

— Tu veux dire que l'employé l'a inventé ? demande Bob.

— Exactement, confirme son ami sans hésiter.

— Et il nous a envoyés au Lido, sachant pertinemment que les filles n'y étaient pas, ajoute Daniel. Et c'est sûrement lui qui a demandé à un acolyte d'attaquer notre canot !

— Eh bien, dans ce cas, on attendra son retour et on l'interrogera, par la force si nécessaire !

Ned consulte sa montre et constate qu'il est encore tôt. Ils ont donc tout leur temps pour établir un plan d'action. En revanche, ils n'ont pas d'autre indice concernant le lieu où peuvent être leurs compagnes.

— Si le réceptionniste de nuit est coupable, reprend le compagnon d'Alice, il désire certainement nous voir partir le plus vite possible. Et d'ailleurs... ce ne serait pas une mauvaise idée.

— Quoi ? En abandonnant les filles ? proteste Daniel, incrédule.

— Non ! On ferait seulement semblant.

— Mais comment faire croire à cet employé qu'on quitte Venise sans vraiment la quitter ?

— En changeant d'hôtel.

— Ce n'est pas si facile que ça, objecte Bob. Si ce type veut vraiment s'assurer qu'on s'en va définitivement, il nous fera suivre jusqu'à l'aéroport.

— Rien de plus simple ! Pour que notre « départ » ait l'air convaincant, on devra prendre la navette jusqu'au terminal des vols internationaux, et revenir ensuite en douce.

— Tu penses que cette mise en scène est vraiment nécessaire ?

— Oui ! On ne veut pas courir de risque, explique Ned.

Le nouveau plan est adopté à l'unanimité.

Bob téléphone à la réception pour annoncer leur départ pour l'*aeroporto Marco Polo* et Daniel cherche un autre hôtel dans son guide local.

— On pourrait loger au *Danielli* ?

— Mais bien sûr ! raillent ses compagnons. Et pourquoi pas demander la suite royale, tant qu'on y est !

— Pas de *Danielli,* donc ! conclut le jeune homme en continuant à feuilleter son livre. Voilà un endroit plus discret qui pourrait convenir : la *Pensione Seguso.* « *Mobilier élégant dans le vieux style vénitien. Les murs du salon et de la salle à manger sont tendus de soie rouge brodée.* »

— La soie rouge, j'adore ! minaude Bob.

— L'important, c'est que l'employé de nuit du *Dei Fiori* ne puisse pas nous y dénicher.

— Tu as raison.

Daniel compose un numéro de téléphone.

— Bonjour ! Nous avons besoin d'une grande chambre pour trois ! dit-il dans le combiné.

Après un court échange avec son interlocuteur, il raccroche.

— Je viens de penser à une chose, poursuit-il en se tournant vers ses amis : que feront les filles si elles reviennent au *Dei Fiori* et ne nous y trouvent plus ? On devrait leur laisser un mot avec notre nouvelle adresse.

— Pour que quelqu'un puisse l'ouvrir et le lire ? se moque Ned. Non, il vaut mieux qu'on les prévienne plus tard.

— D'accord.

L'après-midi est déjà avancé quand les étudiants quittent l'hôtel en direction de l'aéroport, conformément à leur stratagème.

Alice, Bess et Marion ont arrêté un plan à mettre en action lorsque leurs ravisseurs reviendront. Elles attendent en silence.

Quelques heures plus tard, elles entendent enfin se rapprocher le bruit familier des semelles claquant sur le sol de marbre.

— Tenez-vous prêtes, chuchote la détective à ses amies.

Marion retient aussitôt son souffle. Tremblant légèrement, sa cousine essaie de maîtriser sa nervosité. Les pas s'arrêtent devant la porte et quelqu'un tourne la poignée en marmonnant une phrase en italien. La jeune héroïne pose sa main sur celle de Bess pour l'inciter au calme.

— *Che cosa c'è che non funziona con questa porta* ? (Que se passe-t-il avec cette porte ?) demande l'intrus en agitant la manette dans tous les sens.

Son insistance prouve aux jeunes filles qu'il n'est

pas un de leurs ennemis. Ceux-ci, en effet, savent qu'il y a un morceau de fer dans la serrure.

— Elle est bloquée ! crie Alice.

— *Chi c'è li ?* (Qui est là ?) questionne la voix en lâchant le bouton.

La jeune héroïne rassemble toutes ses maigres connaissances d'italien.

— *Siamo in tre. Bloccate. Per favore, aiutateci,* bredouille-t-elle. (Nous sommes trois. Prisonnières. Aidez-nous, s'il vous plaît.)

— Il part ? interroge Bess, en entendant les pas de l'homme s'éloigner.

— Peut-être pour chercher du secours... je l'espère ! répond Marion.

Mais à la grande inquiétude des filles, l'inconnu tarde à revenir.

Puis elles l'entendent de nouveau. Son timbre bas et indistinct ne s'élève qu'une fois, lorsqu'une deuxième personne, sans doute un serrurier, essaie de retirer le bout de fer destiné à bloquer la porte. Après plusieurs tentatives infructueuses, l'ouvrier commence à percer des trous tout autour.

— Incroyable ! murmure Bess. On va vraiment sortir d'ici !

Mais son optimisme disparaît bientôt : les travaux sur la porte s'interrompent soudain et les hommes repartent.

— Qu'est-ce qui se passe ? Pourquoi s'est-il arrêté ? s'écrie Marion, aussi agitée que ses compagnes.

— Je ne sais pas, mais j'espère qu'ils reviendront avant nos ravisseurs, déclare Alice.

— Oh ! souffle Bess. Et dans ce cas, on fera quoi ?

— Inutile de s'énerver pour l'instant, l'interrompt sa cousine en essayant de retrouver son sang-froid.

Elles ne se détendent que lorsque le serrurier reprend sa besogne. Enfin la porte s'ouvre. Elles sont libres !

— *Grazie*, *grazie*, répètent-elles plusieurs fois à leurs sauveurs dont l'un se révèle être un prêtre.

L'ecclésiastique sourit à travers ses petites lunettes rondes, leur fait un signe amical de la tête et passe devant Alice pour jeter un coup d'œil dans la pièce. À la vue des cordes et des bâillons, il pousse un cri d'horreur. Alice lui montre les marques profondes autour de ses poignets ainsi que celles de ses compagnes.

Avec des exclamations indignées, le prêtre prend la détective par la main et la guide dehors. Les cousines suivent. L'ouvrier reste en arrière pour ramasser ses outils et les pièces à conviction. Peu après, tout le monde se retrouve dans un bureau, à l'autre bout de la basilique. Le religieux appelle le quartier général de la police.

— Et ça recommence... murmure Bess, découragée.

Alice attire l'attention du prêtre sur la carte de

visite d'Antonio, l'interprète, qu'elle a sortie de sa poche. Elle indique le téléphone.

— *Prego*, acquiesce l'ecclésiastique.

Une demi-heure plus tard environ, le jeune traducteur arrive sur les talons de deux policiers, dont l'un est le commissaire Donatone. La jeune héroïne lui relate aussi brièvement que possible leur mésaventure. Bess décrit comment le réceptionniste de nuit l'a attirée dans un guet-apens.

Antonio traduit les récits des filles en italien. Des expressions perplexes se dessinent sur les visages des auditeurs.

— M. l'abbé trouve impensable qu'on ait pu utiliser la basilique comme prison, explique l'interprète.

— Impensable, mais vrai, rétorque Bess. Vous n'avez qu'à regarder nos poignets et nos chevilles.

— Il ne dit pas que vous mentez, mais simplement qu'il lui est difficile d'imaginer une chose pareille.

— Nos ravisseurs étaient peut-être habillés en prêtres, avance Alice.

Il y a quelques hochements de tête suivis d'un soupir dubitatif du commissaire Donatone. Il dit quelque chose en italien à Antonio que celui-ci hésite à répéter aux filles.

— Qu'est-ce qu'il dit ? s'enquièrent-elles en chœur.

— Il ne vous fait pas pleinement confiance. Il

pense que vous cherchez à duper la police pour continuer votre propre enquête tranquillement.

— Quoi ? Mais c'est fou ! s'indigne Marion.

— Écoutez, reprend la jeune héroïne, impassible, il nous suffira de lui montrer la porte, la serrure et le morceau de fer. Et puis le commissaire peut interroger M. l'abbé, il a été témoin.

Quand l'interprète traduit tout cela aux autres, l'ecclésiastique offre de faire revenir le serrurier. Celui-ci arrive peu après et se met à parler avec Donatone. Quand il se tait, Antonio s'éclaircit la gorge.

— Eh bien ? interroge Bess, certaine qu'on va leur faire justice.

— Selon cet homme, le bout de ferraille aurait aussi bien pu être posé de *votre* côté, c'est-à-dire de l'intérieur de la porte.

— C'est absurde ! s'écrie Marion. Il croit qu'on a feint d'être prisonnières !

— Calme-toi, conseille Alice.

Elle se tourne de nouveau vers Antonio.

— Tu nous fais confiance, toi, non ?

— Évidemment.

— Alors pourquoi les autres doutent-ils ?

— C'est bien simple : le commissaire pense que... que vous vous mêlez souvent de ce qui ne vous regarde pas.

La détective baisse un instant les yeux, puis elle réplique de sa voix la plus ferme :

— Je désire faire un rapport officiel à la police.

— C'est ton droit, reconnaît le traducteur.

Il dévisage la jeune fille. Les lèvres de cette dernière tremblent, moins parce qu'elle a peur que parce qu'elle est résolue à faire éclater la vérité.

chapitre 12

Des faits nouveaux

Les policiers offrent à Alice et à ses amies de les emmener immédiatement au commissariat.

— Pourvu qu'ils n'essaient pas de nous y garder ! chuchote Bess à sa cousine.

— Ils ne le pourront pas ! Ils n'ont aucune preuve contre nous.

— Je suis sûre qu'ils trouveraient un moyen.

Le groupe parvient au portail de fer, devenu familier, de la *Questura Centrale*. Avec l'aide d'Antonio, les jeunes aventurières font un rapport détaillé de tout ce qui leur est arrivé, y ajoutant même une description du réceptionniste de nuit du *Dei Fiori*.

— Vous rendez-vous compte de la gravité de l'accusation que vous portez contre cet homme ? traduit Antonio pour le compte du commissaire. Vous feriez mieux d'y réfléchir à deux fois. Cet employé cherchait peut-être simplement à faire votre connaissance.

Bess secoue énergiquement la tête.

— Non, monsieur Donatone. Ce type est un bandit ! Il m'a fait croire qu'il m'emmenait rejoindre mes amies.

— Dans ce cas, pouvez-vous m'expliquer pour quelle raison quelqu'un aurait voulu vous enfermer ?

Alice pourrait saisir cette occasion pour raconter la conversation qu'elle a surprise quand elle était prisonnière et au cours de laquelle elle a entendu mentionner le nom « Dandolo ». Mais, respectant la promesse qu'elle a faite à la *duchessa,* elle se tait. Personne ne sait que Filippo a disparu et la jeune fille se jure de ne jamais divulguer cette information.

— *Molto bene.* Très bien, alors, fait le commissaire Donatone, rompant le silence. Nous allons enquêter sur cette affaire, mais je ne puis vous assurer du résultat. Personnellement, je vous conseille vivement de rentrer aux États-Unis.

— On verra, répond la jeune héroïne poliment.

Puis elle demande des nouvelles de leurs compagnons de l'université d'Emerson. Les filles sont ravies d'apprendre qu'ils ont été libérés la veille au soir et contiennent difficilement leur impatience de les retrouver.

— Vous vous imaginez le souci qu'ils doivent se faire à notre sujet ? dit Bess pendant qu'elles retournent au pas de course au *Dei Fiori Hotel* en compagnie d'Antonio. Oh ! il faut absolument qu'on dîne dans un bon restaurant ce soir pour fêter nos retrouvailles ! Je meurs de faim !

Marion, qui vient de repérer l'enseigne d'une pizzeria appelée *Do Forni,* lance :

— Voilà ce qu'il te faut : deux fours pour un estomac géant !

— Pff... Très drôle !

Au fond, elle est contente d'être de nouveau confrontée aux taquineries de sa cousine. Celles-ci lui ont beaucoup manqué au cours des dernières vingt-quatre heures !

— Si on essayait de parler au réceptionniste de nuit ? questionne Marion.

— Voyons d'abord s'il est là, réagit la jeune détective. Il n'a peut-être pas encore pris son service. En fait, j'espère qu'on pourra gagner notre chambre avant son arrivée – si jamais il revient travailler.

Elle jette un regard de biais à ses amies. Celui-ci n'échappe pas à Antonio.

Le jeune homme sourit. Il lève les yeux vers le ciel qui rosit au soleil couchant.

— Si vous voulez admirer la vue sur le canal, vous feriez bien de vous dépêcher, recommande-t-il. Elle devrait être spectaculaire ce soir.

— Salut, Antonio, lance le trio à l'unisson.

— En cas de besoin, on refera certainement appel à toi ! ajoute Alice avec chaleur.

Cependant, leur retour au *Dei Fiori* leur réserve une sérieuse déception. Leurs compagnons américains ont non seulement quitté l'hôtel mais encore ils sont repartis pour les États-Unis !

— Je n'arrive pas à croire que ça m'arrive à moi, gémit Bess.

— À toi ? demande Marion. Et nous alors ?

— Bon, tu comprends ce que je veux dire, soupire sa cousine en se jetant sur son lit, les yeux fixés au plafond. D'abord, nos superbes vacances se transforment en cauchemar, ensuite, Daniel me lâche.

— Toute cette histoire n'est pas claire, commente Alice. Ça ressemble si peu à Ned !

— Et à Bob. À propos, l'une d'entre vous a remarqué si le réceptionniste de nuit était là ?

— Non, répond la détective d'une voix lointaine.

Elle se sent prise d'une irrésistible envie de dormir. Peut-être est-ce dû aux aventures éprouvantes qu'elle et ses amies ont vécues et au fait que, depuis leur arrivée à Venise, elles n'ont guère eu l'occasion de se détendre ? La jeune fille s'affale sur son oreiller. Et ce n'est que trois quarts d'heure plus tard que la sonnerie du téléphone la réveille.

— Allô, dit-elle en étouffant un bâillement.

Puis, reconnaissant la voix à l'autre bout de la ligne, elle s'écrie :

— Ned ! Où es-tu ?

— Ils sont encore en Italie ? s'informe vivement Bess.

La détective lui fait signe de se taire. Une fois la conversation terminée, elle annonce :

— Les garçons sont à Venise, mais ils ne veulent pas nous révéler leur adresse. On doit les rencontrer plus tard sous la Tour de l'Horloge, sur la place Saint-Marc.

— Près de la basilique ? interroge Marion, méfiante.

— Tu es sûre d'avoir parlé à Ned ? ajoute sa cousine. Ce n'était pas quelqu'un qui imitait sa voix ? Je n'aimerais pas tomber dans un autre piège.

— Si tu es vraiment soucieuse, je peux voir les garçons toute seule, répond Alice doucement.

Il n'en faut pas plus pour faire bondir Bess sur ses pieds.

— Ce n'est pas du tout ce que je voulais dire ! proteste-t-elle. Marion, passe-moi ma trousse de maquillage, s'il te plaît.

Elle s'engouffre dans la salle de bains, puis repasse un instant sa tête par la porte.

— Que dirait Daniel si je lui posais un lapin ?

— Quel numéro ! fait Marion, amusée par le brusque regain d'énergie de sa coquette cousine.

Quand au bout d'un certain temps Bess réapparaît, elle a les cheveux relevés en une couronne d'ondulations. Cependant, au lieu de demander à ses amies leur avis sur sa coiffure, comme elle le fait d'habitude, elle se précipite vers la penderie.

— Je suppose que la salle de bains est enfin

libre, commente sa cousine. Tu portes quoi, ce soir, Bess ?

— Oh, ma robe beige peut-être, annonce-t-elle, se référant à une tunique crème qui rehausse son teint de blonde. Ç'aurait été mieux avec un beau bronzage, mais...

La fin de sa phrase se perd dans le bruit qu'elle fait en fourrageant dans ses chaussures. Alice choisit elle aussi sa tenue : une jolie jupe fleurie avec un gilet assorti et des sandales à talons plats. Non seulement celles-ci sont confortables pour marcher mais idéales pour poursuivre tout assaillant éventuel !

— À propos de ravisseurs... commence la jeune héroïne.

— On ne pourrait pas parler d'autre chose ? supplie Bess en enfilant un bracelet nacré.

— C'est un sujet inévitable. Je suis sûre que la *duchessa* s'étonne d'être sans nouvelles de nous.

— Je me demande si les gangsters ont repris contact avec elle, intervient Marion. On devrait peut-être essayer de la voir plus tard, elle aussi ?

— C'est une idée, acquiesce Alice.

Elle prend le combiné, s'apprêtant à composer le numéro de Maria Dandolo, puis se ravise.

— On pourra l'appeler du restaurant. Je ne veux pas qu'on soit en retard pour notre rendez-vous avec les garçons !

— Ouf ! fait Bess en souriant. Pendant une

seconde, j'ai cru que tu allais annuler notre dîner de retrouvailles !

La détective lui rend son sourire.

— Allons-y, les filles !

En bas, dans le hall, elles jettent un coup d'œil vers le comptoir : le réceptionniste de nuit qu'elles connaissent n'y est pas. Elles se renseignent à son sujet auprès de son remplaçant.

— Erminio Scarpa est en congé, les informe celui-ci. Puis-je vous être utile ?

La jeune héroïne hésite, puis demande :

— Pourriez-vous me donner son adresse ?

— En principe, cela nous est interdit...

— La police le recherche, affirme Alice avec aplomb.

— Il a essayé de nous kidnapper, lâche Bess.

— Quoi ? s'exclame leur interlocuteur en secouant la tête d'un air incrédule. C'est une accusation très grave ! De plus, c'est tout à fait impossible. Comme je viens de vous le dire, M. Scarpa est en vacances.

— On ne parle peut-être pas de la même personne, insiste Marion. L'homme auquel on a eu affaire a d'épais cheveux noirs qui lui recouvrent les oreilles comme un bonnet. Il est à peu près de votre taille.

— Oui, c'est bien ça, admet l'employé. Mais, je vous le répète, M. Scarpa n'est pas venu ici depuis plusieurs jours. Et maintenant, si vous voulez m'excuser...

Là-dessus, l'homme pivote sur ses talons. Les enquêtrices restent interdites devant son manque d'amabilité.

— Il couvre son collègue, c'est clair, déclare Bess à ses amies alors qu'elles se dirigent ensemble vers la piazza San Marco. On pistera ce fameux Scarpa sans son aide, c'est tout !

— Bravo ! Il ne faut pas se laisser abattre, approuve sa cousine. Et tu comptes t'y prendre comment ?

— On pourrait tout simplement commencer par consulter l'annuaire du téléphone, suggère Alice. Si ça ne donne rien, on parlera au directeur de l'hôtel, demain matin.

Peu après, le trio arrive sous la Tour de l'Horloge. Les garçons y sont déjà. Tous s'embrassent joyeusement.

— On va dîner ? lance Bob. Nous, on meurt de faim !

— Nous aussi ! répondent les filles à l'unisson.

Alice mentionne le *Do Forni.*

— Il paraît qu'ils font de fantastiques *pizza regina,* précise-t-elle.

— Alors, en avant ! s'écrie Ned en lui prenant le bras.

Mais, une fois à table, ils passent moins de temps à manger qu'à se raconter toutes les aventures qu'ils ont vécues durant les dernières vingt-quatre heures. C'est avec étonnement et colère que les garçons apprennent ce qui est arrivé à leurs amies.

— On vous a cherchées au Lido, explique Daniel. Le réceptionniste de nuit nous a dit que vous y étiez.

— Ça ne m'étonne pas de lui ! grommelle Bess.

— Ensuite, après nous avoir envoyés sur une fausse piste, il a chargé un complice de couler notre taxi-bateau. Un type s'est suspendu sous le pont à l'aide d'une corde. Dommage qu'il ne soit pas tombé à l'eau !

— Mais on a trouvé un indice, annonce Bob. Ned, montre la casquette à Alice.

La détective examine le chapeau avec attention.

— Je découvrirai à qui elle appartient ! Ça, je vous le jure. Mais maintenant expliquez-nous pourquoi vous vouliez rentrer aux États-Unis ?

— Non, on ne prévoyait pas vraiment de... commence son compagnon.

Il s'interrompt : trois charmantes jeunes filles viennent d'apparaître sur le seuil du restaurant. Les deux autres garçons, qui les ont repérées aussi, font semblant de ne pas les voir. Ils continuent à dévorer leurs savoureuses pizza.

— Vraiment délicieuse, cette *regina* ! assure Bob en cherchant à détourner l'attention des jolies touristes qu'ils ont rencontrées à l'*Excelsior.*

Mais celles-ci ont reconnu leurs cavaliers de la veille. Elles les saluent de la main, puis s'approchent de leur table.

— Je vous rappelle qu'on est ici jusqu'à samedi, lance Christina à Daniel.

Bess affiche son plus beau sourire.

— Tant mieux pour vous, déclare-t-elle. Nous, on part demain.

— Vraiment ? fait son compagnon, qui manque d'avaler de travers.

— Oui, si tu prévois un rendez-vous avec elle ! murmure son amie en pouffant de rire.

chapitre 13

Une promenade forcée

Tandis que les joues de Daniel reprennent une teinte normale, Christina et les Autrichiennes vont s'installer à l'autre bout du restaurant. Ned explique comment ses amis et lui ont fait leur connaissance.

— Tout a commencé par une méprise, explique-t-il.

Et il relate l'épisode de la fille aux cheveux blond-roux qui ressemblait à Alice.

— Bien entendu, on n'a pas tardé à découvrir notre erreur, intervient Bob, et on a repris nos recherches depuis le début.

— Oh, on savait que vous ne nous abandonneriez pas ! susurre Marion.

— Et maintenant qu'on est tous réunis, on peut réellement aider la *duchessa* ! s'écrie la détective.

— Une vraie *duchessa* ?

— Oui. Elle vit à San Gregorio, de l'autre côté

115

du canal, face au *Dei Fiori*, précise Bess, et elle nous a demandé de...

Un regard sévère de sa cousine la coupe au milieu de sa phrase.

— Parle moins fort.

— Je pense que la *duchessa* devrait vous raconter son histoire elle-même, intervient Alice. On lui a promis de ne la divulguer à personne.

— Pas même à moi ? fait Ned en souriant.

— Eh, non ! rétorque sa compagne. Mais bientôt vous connaîtrez tous les détails de cette affaire.

Elle se lève de sa chaise.

— Excusez-moi un instant. Je vais à la cabine là-bas, j'ai un coup de fil à passer. Pour le dessert, commandez-moi une *zuppa inglese*.

— Oh, la vilaine gourmande ! plaisante Bess.

Quand la jeune héroïne rejoint le groupe, elle a l'air moins gaie. C'est à peine si elle prête attention à l'appétissant gâteau recouvert de crème anglaise posé devant elle.

— Quelque chose ne va pas ? s'enquiert aussitôt Ned.

— Peut-être bien... Quand j'ai dit à la *duchessa* qu'on aimerait lui présenter les garçons, elle m'a aussitôt coupé la parole. Elle a annoncé qu'elle n'avait pas besoin de nous

— Pas possible ! s'exclame Bess, abasourdie.

— Elle est peut-être trop fatiguée pour recevoir des visites ? suggère Marion.

— Non, ce n'était pas ça... Elle avait une voix

forte, pas du tout lasse. Mais quelque chose clochait, j'en suis sûre.

Elle goûte à son dessert, puis laisse brusquement tomber sa cuiller, une lueur dans les yeux.

— Elle m'a dit : « Ne venez pas. Je n'ai jamais eu besoin de vous. » C'est vraiment bizarre...

— Elle ne pouvait peut-être pas parler librement... avance Marion. Si ça se trouve, ses conversations téléphoniques sont écoutées par les ravisseurs de Filippo !

— Tu as raison !

Ned demande l'addition.

— Comment on va à San Gregorio ? s'enquiert-il vivement.

— Par le *vaporetto,* le *motoscafo* ou un *traghetto,* le renseigne Bess avec un grand sourire.

— Tu as appris l'italien en cachette ? questionne Marion. Un *traghetto,* qu'est-ce que c'est ?

— Un court trajet en gondole d'une rive du canal à l'autre. D'autres renseignements ? ajoute sa cousine en riant alors que le groupe sort du restaurant.

— Non, merci, pas pour l'instant !

Puis tous se mettent à courir vers la flottille de gondoles amarrées au quai.

— Je suppose qu'on va prendre un *traghetto,* articule Bess, hors d'haleine.

Elle s'arrête pour ajuster une lanière de sa sandale, mais Daniel l'en empêche en lui prenant la main.

— Dépêche-toi, Miss Italie ! Le bateau va partir sans nous !

Bess presse le pas. Peu après, elle se retrouve avec ses amis dans une des nombreuses barques, toutes remplies de touristes dont les voix sont bientôt couvertes par les cris des gondoliers.

— Oh ! c'est super ! s'écrie la coquette.

Elle se renverse contre le dossier de son siège et regarde la gondole de tête dans laquelle le batelier, les yeux levés vers le ciel noir étoilé, a commencé à donner la sérénade à ses passagers.

— On aurait dû embarquer à la station qui se trouve sur la place Saint-Marc, murmure la détective, impatiente.

— On arrivera à temps, assure Ned en lui prenant la main.

Bob ne partage pas son avis.

— Je parie qu'on va être pris dans un embouteillage, déclare-t-il.

Les avirons, en effet, s'immobilisent et toutes les gondoles s'arrêtent. Les bateliers s'interpellent d'une barque à l'autre. Marion se tourne vers le leur pour lui demander ce qui se passe. Mais, dans le vacarme, l'homme ne l'entend pas. Puis, comme par enchantement, tous les bateaux se remettent en mouvement. À l'instant où ils vont glisser sous un pont peu élevé, Alice aperçoit une paire d'yeux verts qui la regarde depuis une fenêtre, au premier étage d'une demeure donnant sur le canal.

— Oh, Ned ! s'écrie-t-elle, tu as déjà vu un aussi gros chat noir ?

— J'espère que ce n'est pas le signe qu'il va nous arriver un malheur ! répond son ami en riant.

Mais son commentaire échappe à la jeune héroïne : dans l'encadrement de la fenêtre, elle a aperçu le profil d'un homme.

Ses épais cheveux noirs recouvrent ses oreilles comme un bonnet !

— Je le reconnais ! C'est le réceptionniste de nuit du *Dei Fiori* ! affirme-t-elle, attirant l'attention des autres sur la maison. C'est le dénommé Scarpa !

Mais déjà l'homme et le félin ont disparu.

— Au moins on sait qu'il est toujours à Venise, conclut la détective. Je reviendrai ici demain pour explorer ce bâtiment.

Entre-temps, les gondoles, toujours groupées, se sont mises à remonter le Grand Canal. Marion s'inquiète enfin de savoir si l'un d'entre eux a indiqué leur destination au gondolier.

— Pas moi, fait Bob.

— Moi non plus, admet Ned. Je pensais que tu l'avais fait.

— Inutile de me regarder, rétorque Daniel. Je ne me suis occupé de rien.

Alice crie alors au pilote :

— Nous voulons aller là-bas ! *Prego !*

Mais l'homme secoue la tête. Que veut dire ce mouvement ? qu'il refuse ou qu'il n'a pas compris ?

— *Prego*, répète la jeune fille en désignant l'immeuble de la *duchessa*, tout proche.

Le batelier ne réagit pas davantage. Celui de la barque de tête entonne un autre chant. Les gondoles se rapprochent les unes des autres et la supplication de la détective est couverte par les applaudissements.

— Tu sais quoi ? chuchote Bess.

— Quoi ?

— Je crois qu'on s'est fourrés dans une excursion organisée. Toutes ces barques suivent le même parcours !

— Ça va prendre des heures ! grommelle Marion.

— Et, pendant ce temps, qui peut prévoir ce qui arrivera à cette pauvre Maria Dandolo ! se lamente Alice. C'est terrible. Oh, Ned ! On doit faire quelque chose !

Le seul stratagème qui vient à l'esprit de son compagnon est hardi.

— Ned, s'il te plaît ! insiste la jeune fille en voyant le gondolier plonger et replonger son aviron dans l'eau.

Il lui est presque insupportable de se sentir entraînée de plus en plus loin de l'aristocrate en détresse ! Voyant son expression angoissée, son ami passe immédiatement à l'action.

chapitre 14

Étrange conduite

Ned bondit sur ses pieds, faisant pencher la gondole, et commence à ôter sa veste.

— Tu fais quoi ? crie Alice.

— Asseyez-vous, *signore* ! Asseyez-vous ! hurle le gondolier.

— Ned, voyons ! supplie la détective.

— Mais tu...

— Je n'avais pas l'intention de t'envoyer chez la *duchessa* à la nage ! gronde doucement la jeune fille.

Quand Ned se rassied, elle pousse un soupir de soulagement.

Entre-temps, ils ont parcouru une bonne partie du Grand Canal, passant devant de gracieux palais bâtis entre le XIIe et le XVIIIe siècle. À la vue des façades sombres, sans fenêtre éclairée, on ne peut s'empêcher de penser avec une certaine nostalgie aux hommes riches et puissants, aux grands artistes qui ont vécu là autrefois.

— Ça me plairait bien d'avoir mon petit *palazzo* personnel, déclare Daniel.

— Celui-là, par exemple ? demande Marion en désignant un bâtiment devant lequel sont plantés des poteaux d'amarrage à spirale dorée. Mais, constatant qu'il s'agit d'un musée, elle se met à rire :

— Malheureusement, le *Guggenheim* ne doit pas être à vendre !

— Je serais curieux de savoir s'il y a toujours un lion dans le jardin, intervient Ned.

— Un quoi ? fait Alice.

— Un lion. Autrefois, le *Guggenheim* s'appelait *Palazzo Venier dei Leoni,* parce que les Venier, propriétaires du palais, possédaient un lion apprivoisé. J'ai lu ça dans le guide touristique.

— Ah oui ? fait Marion distraitement en voyant une expression soucieuse apparaître sur le visage de la détective.

Cette dernière s'est efforcée de ne pas penser à l'étrange conversation qu'elle a eue avec Maria Dandolo, mais les paroles de la *duchessa* continuent à la poursuivre. Et, si ses compagnons ne s'étaient pas brusquement mis à parler, elle aurait sans doute fait part de son inquiétude.

— « Et là, sur la mer calme, flottait une grande cité », récite Bess en se rappelant un passage d'un livre qui l'a impressionnée. « Ici et là, des gondoles glissaient, légères. Tout était silence. »

— Bravo ! applaudit sa cousine. Et merci pour ce moment si poétique !

— Ce n'est pas moi qu'il faut remercier, mais Mark Twain. Dans les années 1860, il a visité Venise. Il décrit son séjour dans *Les Innocents en voyage*.

Alice se joint à la conversation.

— Vous savez que, selon la tradition, la gondole a commencé à se développer quand les premiers habitants de Venise ont été surpris par la marée haute et ont dû rentrer chez eux à la nage ?

— J'espère que ça ne sera pas notre cas ! s'écrie Marion.

— Ne t'inquiète pas, ce type d'embarcation est parfaitement stable. Les gondoles sont toutes construites sur le même modèle : chaque bateau est composé de deux cent quatre-vingts morceaux de bois qui, réunis, pèsent plus de cinq cents kilos !

— Autrement dit, vous n'avez rien à craindre, les filles ! plaisante Bob. Bess, tu vois cette pièce de fer à l'avant ? Au sommet de ces six dents, on aperçoit le chapeau du doge. Celui-ci te protégera.

— Je préférerais que ce soit Daniel qui me protège, rétorque la jeune fille d'un ton espiègle en glissant son bras sous celui de son ami.

L'excursion terminée, Alice fait un crochet par le *Dei Fiori* d'où elle rappelle la maison des Dandolo. Cette fois, la détective n'obtient aucune réponse.

— Elle a dû sortir, suppose-t-elle, inquiète, en rejoignant ses compagnons.

Le petit groupe réussit à trouver une gondole qui les mène de l'autre côté du canal. Mais, arrivés devant la demeure de la *duchessa,* ils constatent que la porte est solidement verrouillée. Personne ne répond à leurs coups de sonnette répétés.

— Il y a trois possibilités, conclut la jeune héroïne. Ou bien elle est sortie, ou bien elle dort, ou bien elle a des ennuis !

— Je crois que tu te laisses emporter par ton imagination, déclare Bess. À mon avis, votre conversation téléphonique n'était pas vraiment un appel au secours.

— C'est aussi mon impression, approuve Marion. Après tout, on ne connaît presque rien de cette aristocrate : c'est peut-être une femme complètement lunatique. De toute façon, je doute que tu puisses reprendre contact avec elle avant demain matin.

Alice ne répond pas. Après un moment d'hésitation, elle examine la serrure.

— Tu ne vas tout de même pas entrer par effraction dans son appartement ! proteste Ned en la tirant en arrière.

— Bon. Vous avez raison. Retournons à l'hôtel, décide sa compagne avec un soupir. Espérons seulement que Maria Dandolo pourra m'expliquer demain ce qu'elle essayait de me dire ce soir.

— Et si vous veniez prendre le petit-déjeuner avec nous à la *Pensione Seguso* ? propose Daniel, une fois qu'ils ont débarqué sur l'autre rive du canal.

— Bonne idée ! répond Bess en acceptant l'invitation au nom des trois filles. À demain.

Après une bonne nuit, les amies se réveillent tôt. Alice prépare un message destiné à son père au cas où celui-ci l'appellerait de Rome pendant son absence.

— Papa doit arriver aujourd'hui, rappelle-t-elle aux autres. Et je suis sûre qu'il me téléphonera aussitôt.

Tout en parlant, elle soulève le combiné et compose le numéro du domicile de Maria Dandolo. Au bout de quatre sonneries, quelqu'un décroche.

— *Pronto !* fait une voix grave.

— Monsieur Andreoli ? demande Alice.

— *Si.*

— Alice Roy à l'appareil. Je peux parler à la *duchessa* ?

— *No. No... Arrivederci.*

— Attendez... monsieur Andreoli ! insiste la détective, mais l'homme a déjà raccroché.

— Je dois me rendre immédiatement là-bas !

— Et ton petit-déjeuner ? s'enquiert Bess.

— Prenez-le sans moi. Je vous rejoindrai dès que possible.

— Je t'accompagne, décide Marion. Bess, tu veux bien aller chez les garçons toute seule ?

— Bien sûr. Mais vous êtes sûres que ce n'est pas dangereux pour vous ?

— Tout ira bien, assure la jeune héroïne. À tout à l'heure !

Le trio se sépare.

Pendant la traversée du canal, Alice et Marion gardent le silence. Une fois arrivées à destination, elles se mettent à frapper avec insistance à la porte qui donne sur la rue.

— Il y a quelqu'un ? appelle la détective, anxieuse.

À son soulagement, la porte s'ouvre enfin, laissant apparaître Andreoli, le gondolier. Il est très pâle. Il accueille sèchement les deux visiteuses.

— Où est la *duchessa* ? questionne Alice.

— Pas là, rétorque l'homme d'un ton brusque.

Puis il se lance dans un discours en italien qui laisse son interlocutrice perplexe. Tout ce qu'elle comprend est « Murano », le nom de la plus grande île de la lagune vénitienne où se trouvent plusieurs verreries, dont l'*Artistico Vetro*, qui appartient à la famille de la *duchessa*.

« C'est dans cette fabrique, se rappelle Alice, qu'est utilisée la formule secrète du père de Filippo pour fabriquer les pièces en verre soufflé... Andreoli

126

dit peut-être que Mme Dandolo s'est rendue à Murano... mais pourquoi si subitement ? »

Elle est incapable de communiquer ses questions au gondolier. Celui-ci paraît très nerveux, sans doute à cause de la mystérieuse sortie de Maria Dandolo. Soudain, il repousse la porte pour mettre un terme à l'entretien. Alice retient le battant d'une main ferme.

— On peut monter ? interroge-t-elle impulsivement. Comment on dit ça en italien ? *Di sopra, signore Andreoli.*

Le batelier hésite. Puis au bout d'un moment, il rouvre lentement. Il précède les filles dans l'escalier de bois et s'arrête à quelques marches du palier comme s'il avait changé d'idée. Les deux enquêtrices, cependant, ont déjà remarqué le surprenant spectacle qui s'offre à la vue derrière la porte entrebâillée, à l'étage. Les tiroirs du secrétaire sont ouverts et leur contenu répandu par terre !

— Qu'est-ce qui s'est passé ? questionne la détective en passant comme une flèche à côté du gondolier.

Celui-ci s'élance sur ses talons. Secouant la tête, il répond avec volubilité en italien. Pendant ce temps, la jeune fille court d'une pièce à l'autre pour voir si on les a fouillées aussi. Elle constate qu'on n'y a rien touché, et conclut que l'intrus a trouvé ce qu'il cherchait, puis a décampé.

Se rappelant la discrétion de la *duchessa* au sujet de la disparition de son neveu, Alice comprend à présent pourquoi Andreoli a hésité à lui montrer le salon.

« Il craint peut-être que je ne rapporte l'incident à la police », raisonne-t-elle.

Elle essaie de convaincre le gondolier qu'elle n'en fera rien. Mais comme toute conversation avec lui s'avère impossible, les visiteuses prennent rapidement congé. Elles se postent à l'arrêt du *vaporetto*, au bout de la rue.

Contrairement aux autres fois, il y a peu de passagers à bord. Presque tous contemplent les reflets du soleil sur l'eau. Alice, elle, n'y jette qu'un regard distrait.

« Pourquoi l'appartement de la *duchessa* a-t-il été cambriolé ? » s'interroge-t-elle.

Soudain, elle se redresse. Mais bien sûr ! L'intrus cherchait la formule de fabrication du verre !

« J'aurais dû y penser plus tôt ! » se reproche la détective alors qu'elle et Marion se hâtent vers la *Pensione Seguso*.

Quand elles y parviennent enfin, Ned se plaint de leur retard.

— On commençait à s'inquiéter.

Alice s'assied en face de lui.

— Je suis vraiment désolée, s'excuse-t-elle.

Un serveur lui apporte une tasse de thé fumant et lui indique l'emplacement du buffet. Mais manger est la dernière chose qui l'intéresse pour le moment. Elle ne se sert qu'une tranche de pain grillé.

— C'est tout ce que tu prends ? questionne Marion.

— Je n'ai pas très faim, explique son amie.

Puis elle se met à raconter la récente rencontre avec Andreoli.

— Dommage qu'Antonio, l'interprète, n'ait pas été avec nous, ajoute-t-elle.

— Qui est cet Antonio ? interroge Bob, soupçonneux.

Marion lui relate brièvement le rôle que le traducteur a joué lors de leurs visites au commissariat.

— Pardon de t'avoir interrompue, Alice, reprend le garçon. Continue, s'il te plaît.

Quand la détective a terminé son récit, ses amis de l'université d'Emerson échangent des regards.

— On doit prévoir un petit voyage à Murano ? interroge Ned.

— Oui, bien sûr, répond sa compagne. Je me demande bien pourquoi Mme Dandolo s'est rendue là-bas...

— Tu crois qu'elle a été kidnappée elle aussi ? intervient Bess.

— C'est possible.

— Eh bien, embarquons tout de suite pour Murano ! propose Daniel.

Alice, cependant, pense au réceptionniste de nuit qu'elle a aperçu à sa fenêtre la veille, en compagnie du chat aux yeux verts.

— Je dois d'abord me livrer à une petite

enquête, répond-elle avec un coup d'œil à sa montre. Je vais me rendre à l'appartement de Scarpa. Vous m'attendez ici, ou...

— Et si on t'accompagnait ? l'interrompt son compagnon.

— Non, en groupe, on se ferait trop remarquer. Il vaut mieux que j'y aille seule. Ça ne sera pas long.

La jeune héroïne fait une pause.

— Je vous retrouverai à une heure sous la Tour de l'Horloge. Entre-temps, vous pourriez vous renseigner sur l'horaire du bateau pour Murano.

Pour couper court à d'éventuelles objections, la détective se lève, plante un baiser sur la joue de Ned et se précipite hors de la *Pensione*. Prenant le restaurant *Do Forni* comme point de repère, elle descend la rue en relevant les noms au-dessus des boutons de sonnette. À sa grande déception, celui de Scarpa ne figure nulle part.

« Jamais je ne retrouverai sa maison de cette façon... » se dit-elle.

Elle retourne à la station de gondoles, derrière la pizzeria. Avant de monter dans l'une d'elles, elle précise au batelier qu'elle ne veut parcourir que le petit canal étroit.

— Grand Canal, non ! précise-t-elle fermement.

— *Si, signorina.* Pas de Grand Canal !

Peut-être est-ce dû à la tiédeur engourdissante de cette belle journée, mais le voyage lui semble particulièrement long. La barque glisse le long d'une rangée de bâtiments en briques écaillées qui se confondent les uns avec les autres. Mais quand le gondolier plonge son aviron sous le pont, deux yeux brillants apparaissent derrière la fenêtre entrouverte. Le cœur d'Alice se met à battre à grands coups.

chapitre 15

Une sœur protectrice

À la vue du chat noir de Scarpa, Alice pousse un cri étouffé.

« Je me demande si son maître est là, lui aussi ? » songe-t-elle.

Elle prie le gondolier de s'arrêter plus loin à un petit débarcadère. Puis elle met pied à terre et descend en hâte la courte ruelle en direction du bâtiment.

Soudain, un miaulement lui parvient d'un balcon en fer bordé de géraniums rouges. Deux pots de fleurs tombent contre la balustrade et le félin atterrit en bas, sur ses quatre pattes. La détective se fige. Elle lève les yeux juste à temps pour voir la fenêtre se fermer avec un bruit sec.

« Pas de doute ! Il y a quelqu'un là-haut ! » se dit-elle, passant rapidement à côté de l'animal.

Il n'y a pas de nom sur la porte, mais, chose

curieuse, celle-ci est ouverte. La jeune fille entre avec précaution.

— Qui êtes-vous ? l'interpelle soudain une femme debout sur le palier.

Avec un sentiment de malaise, l'enquêtrice s'aperçoit qu'elle est infirme.

— Je suis une cliente du *Dei Fiori Hotel*, répond-elle sans indiquer son nom. Je voudrais parler à M. Scarpa. Je pensais qu'il habitait ici.

— Montez !

S'appuyant sur deux béquilles, l'inconnue avance vers la porte ouverte derrière elle.

— J'espère que je ne vous dérange pas, ajoute Alice en gravissant l'escalier de bois,

— Pas du tout, assure son interlocutrice.

D'un geste, elle invite la visiteuse à s'asseoir dans un des confortables fauteuils de la salle de séjour. La jeune héroïne remarque le mobilier simple mais de bon goût qui remplit la pièce, ainsi qu'une petite collection de photos sur un guéridon. L'une d'elles attire plus particulièrement son attention, mais elle attend que la femme engage la conversation avant de l'interroger à ce sujet.

L'infirme se présente poliment sous le prénom de Lucia, puis elle va droit au fait.

— Pourquoi cherchez-vous mon frère ? interroge-t-elle en posant ses béquilles à côté de son siège.

Alice reconsidère sa tactique. Peut-elle révéler ses soupçons à la sœur du réceptionniste ? Elle essaiera de le protéger, c'est sûr. L'enquêtrice entreprend néanmoins de la questionner.

— Je suis détective... commence-t-elle.

— Vous ? Mais vous êtes si jeune !

— Je ne suis que détective *amateur*, précise la visiteuse en souriant. Et on m'a chargée d'enquêter sur un incident qui a eu lieu récemment au *Dei Fiori*.

— Quand exactement ?

— Il y a quelques jours.

— Eh bien, je doute qu'Erminio puisse vous être d'une grande utilité. Il est en congé, vous savez.

— Vous ne l'avez pas vu, alors ?

— Non, pas depuis la semaine dernière.

— Vous êtes restée tout le temps dans cet appartement ?

Lucia paraît hésiter.

— Non, déclare-t-elle finalement, mais en quoi cela concerne-t-il mon frère ?

Bien qu'elle ait soigneusement évité d'accuser Scarpa, Alice sent que son interlocutrice est mal à l'aise comme si elle aussi avait des inquiétudes cachées à son sujet.

— Il m'a semblé le voir hier soir, affirme la détective.

— C'est impossible. Et d'ailleurs, que lui voulez-vous, à mon frère ?

— Il faut que je lui parle personnellement.

— Je regrette qu'Erminio ne soit pas là pour

s'entretenir avec vous. Mais je lui dirai que vous êtes venue.

— Quand pensez-vous le revoir ?

— Oh, pas d'ici quelque temps.

Peu surprise par cette réponse, l'enquêtrice remercie la femme pour son aide et s'en va. Bizarrement, sa visite s'est révélée fructueuse. Elle stocke tous les nouveaux éléments obtenus dans sa tête, espérant pouvoir bientôt découvrir les liens qui existent entre Scarpa et la famille Dandolo.

Constatant qu'il est déjà tard, Alice presse l'allure. Il est une heure passée. Ses amis doivent commencer à s'inquiéter. Alors qu'elle tourne un coin de rue, elle entend un bruit de pas précipités s'approcher derrière elle, puis sent un bras saisir le sien.

— Ned ! Tu m'as fait peur !

— Tu es une drôle de détective, toi ! réplique l'étudiant, taquin. Tu n'as pas remarqué que je te suivais depuis la *Pensione* ?

— Non.

— Je pensais que tu pouvais avoir besoin d'aide.

— C'est vraiment gentil de ta part. J'avoue que je craignais un peu de me trouver face à face avec Scarpa. Finalement, je ne suis pas tombée sur lui, mais sur sa sœur.

— Ah bon ? Tu nous raconteras tout ça pendant qu'on va à Murano.

— Vous avez trouvé un bateau, alors ?

— Comme vous le désiriez, *signorina* !

Le garçon prend sa compagne par la main et tous

deux traversent la place en courant. Ned a fait part aux autres de son intention de suivre la détective. Il a demandé à Bob et à Daniel de s'occuper de l'excursion et changé le lieu du rendez-vous : l'embarcadère le plus proche, et non plus la Tour de l'Horloge.

— Quel effet ça fait d'être suivie par son ombre ? plaisante Marion quand Alice et son ami montent à bord de la vedette.

Une fois le bateau parti, la jeune héroïne relate sa visite à Lucia Scarpa.

— Tu crois que le type sur la photo était Filippo Dandolo ? demande vivement Bess.

— Oui, admet Alice. Il ressemblait tellement à la *duchessa*.

— C'est peut-être un autre membre de sa famille...

— Possible... mais j'ai l'intime conviction que c'est Filippo. Toute cette affaire m'intrigue plus que jamais. On doit absolument retrouver la duchesse.

À la fin de cette conversation, ils sont à mi-chemin de Murano. Ils ont coupé à travers la lagune et passé plusieurs petites îles au-delà desquelles on aperçoit le large.

— C'est merveilleux, non ? s'extasie Bess alors que le bateau accélère, l'aspergeant de fines gouttelettes salées.

— Oui, à condition d'aimer prendre une douche en pleine mer ! grommelle Daniel.

— Oh ! Comment peut-on être si peu romantique ! s'écrie son amie en riant.

Ils approchent de l'île. Le pilote coupe le moteur quelques mètres avant l'accostage.

Devant le petit groupe se dresse la fabrique *Artistico Vetro*. Tout le monde quitte le *vaporetto*. Alice descend en courant un chemin pavé qui mène à l'entrée d'une vaste pièce contenant plusieurs fours et des rangées d'étagères. Elle s'approche d'un homme portant des gants et un tablier, qui cuit quelque chose dans un des fourneaux.

— Je cherche le *signore* Dandolo, annonce-t-elle.

L'artisan hausse les épaules.

— Pas là.

— Il est où ?

— Sais pas.

— Et la *duchessa* ? insiste la détective. Elle est ici ?

— Non. Ne vient jamais.

Le souffleur accentue sa réponse en faisant tourner une dernière fois sa canne au bout de laquelle rougeoie une masse de verre en fusion. Au même instant, Alice voit quelqu'un bouger dans une pièce séparée, à quelques mètres d'elle. La porte est fermée, mais une petite fenêtre en face des fours révèle une femme aux cheveux gris.

Celle-ci s'éclipse si vite que la jeune héroïne ne peut distinguer ses traits. Pour elle, il n'y a pourtant aucun doute : c'est Maria Dandolo !

chapitre 16

La verrerie

— Qui... qui est-ce là, dans cette pièce ? lance Alice au verrier.

— Personne là-dedans. C'est la réserve, réplique l'autre avec désinvolture.

Aussitôt, l'enquêtrice court à la porte et essaie de l'ouvrir. À sa consternation, elle est fermée à clef.

— *Duchessa !* C'est moi, Alice Roy ! appelle-t-elle. Je suis venue avec mes amis !

Puis elle se tait : derrière la fenêtre, il n'y a que des sacs de fournitures.

— Elle est partie ! constate la jeune fille, parvenue à la conclusion qu'il doit y avoir une autre porte, bien qu'invisible, dans la réserve.

Elle jette un regard à l'artisan. L'homme semble avoir du mal à se concentrer sur son travail. Il lance aux visiteurs un avertissement en italien. Tout le monde en comprend le sens : « Partez ou vous aurez des ennuis ! » La détective, toutefois, est décidée à poursuivre ses investigations.

— Il y a une salle d'exposition ? demande-t-elle au souffleur sans se laisser intimider par son regard furieux.

— *Si,* mais elle est fermée.

Négligeant cette information, les aventuriers sortent en courant de la fabrique et, sur le même chemin pavé, découvrent un bâtiment annexe. À leur grande joie, l'entrée en est ouverte. Ils montent à toutes jambes l'escalier recouvert d'un tapis et bordé d'une rampe en acier qui brille à la lueur d'un magnifique lustre en cristal.

— Il doit y avoir quelqu'un ici, assure Alice en pénétrant dans une pièce remplie d'objets en verre filé.

Les lampes sont allumées. Sur une table, la jeune héroïne aperçoit un bordereau de commande récent auprès duquel est posé un stylo. Intriguée par l'entête, elle s'en approche. C'est le lion de Venise, la célèbre signature de Filippo !

— Venez voir ! crie-t-elle aux autres en désignant le dessin.

Mais, à ce moment, un homme apparaît sur le seuil de la porte, derrière eux.

— Puis-je vous être utile ? questionne-t-il.

— Je l'espère, rétorque Alice. Qui êtes-vous ?

L'homme arbore un large sourire, révélant des dents qui se chevauchent.

— Je suis M. Brolese, le nouveau directeur. Le *duce* Claudio Dandolo a pris sa retraite.

— Vraiment ? fait Ned. Le frère de Maria Dandolo vous a confié la direction de l'*Artistico Vetro* ?

— Oui. Et maintenant, puis-je vous montrer quelques-unes de nos merveilles ? Ces verres filés, par exemple ?

Sur un rayon, il prend une paire de coupes exquises et les tient contre la lumière. Dans le renflement du pied, on voit briller de minuscules paillettes d'or.

— Ce sont les plus beaux de tous, déclare-t-il.

— Oh ! oui, approuve Bess.

Alice, cependant, continue à penser à la réserve.

— Vous connaissez évidemment la *duchessa,* commence-t-elle.

— Évidemment.

— Vous l'avez vue récemment ? poursuit la jeune fille en feignant l'indifférence.

M. Brolese tourne les yeux vers la table où il a posé les deux verres.

— Non, elle ne vient jamais ici.

— Et pourtant, notre amie croit l'avoir vue, réplique Marion d'un ton provocateur.

— Ah oui ? Ça m'étonnerait beaucoup.

— En effet, je l'ai vue, confirme la détective.

Le directeur a un petit rire nerveux.

— Vous avez dû la confondre avec quelqu'un d'autre. Elle est trop âgée pour venir à Murano en bateau.

— Depuis quand travaillez-vous ici, monsieur Brolese ? interroge la jeune héroïne.

— Depuis quelques semaines. Et ces verres-ci, ils vous intéressent ? continue-t-il en en désignant deux autres.

— Pas particulièrement. Ce que j'aimerais voir, c'est la réserve de la fabrique.

— C'est tout à fait impossible. Seule la famille Dandolo a le droit d'y entrer.

— Ah oui ? Bien que le *signore* Dandolo ait pris sa retraite et que la *duchessa* ne vienne jamais ici ?

— Écoutez, *signorina,* répond le directeur avec véhémence, je ne peux... il n'est pas en mon pouvoir de vous montrer quelque chose qui, franchement, ne vous regarde pas.

Alice se raidit. Elle sent Ned poser une main apaisante sur son épaule.

— Eh bien, il ne nous reste plus qu'à partir, annonce-t-elle, à la surprise de ses amis qui en concluent qu'elle a un plan de rechange.

Elle pivote sur ses talons et, suivie par le reste du groupe, marche vers la sortie. Mais, quand ils se trouvent sur le palier, prêts à descendre, son regard est attiré par les objets en cristal exposés dans la pièce voisine : des sculptures et des gravures sur verre de toute beauté.

— Veuillez prendre la grande porte, s'il vous plaît, appelle M. Brolese en les voyant pénétrer dans l'autre salle. Il est tard ! Nous fermons ! ajoute-t-il d'un ton sévère.

Entre-temps, Alice a déjà repéré la signature de Filippo au bas de plusieurs de ces œuvres.

— On reviendra ! lance la jeune héroïne avec un aimable sourire.

Puis elle se tourne vers ses compagnons.

— Faisons semblant de partir vers l'embarcadère, chuchote-t-elle. Puis on reviendra par un détour pour surveiller la fabrique. Elle ne va pas tarder à fermer et je voudrais voir si la *duchessa* en sortira.

— Bonne idée, approuve Daniel. On peut se cacher derrière les buissons, de l'autre côté du chemin.

Quelques minutes plus tard, ils ont tous pris position. L'attente s'avère cependant plus longue que prévu. Le dernier ouvrier ne quitte l'atelier qu'au bout d'une heure.

Puis, soudain, une femme aux cheveux gris, élégamment vêtue, émerge du bâtiment. Elle s'éloigne d'un pas énergique et disparaît.

— Alice, c'est peut-être elle la personne que tu as vue dans la réserve, murmure Marion. De loin, on pourrait la prendre pour la *duchessa*... mais elle est beaucoup plus jeune !

Penaude, la détective doit admettre que son amie a raison. Elle veut cependant attendre le départ du directeur.

Quand celui-ci a refermé la porte derrière lui, Bob déclare :

— C'est bon. Ils sont tous rentrés chez eux.

— Eh bien, faisons-en autant, décide Alice.

— Ah ? Et quelle est la suite du programme ? s'enquiert Ned.

— Si on allait dîner ? suggère Bess. Nous, les filles, on pourrait passer au *Dei Fiori* se refaire une beauté, puis on vous retrouverait sous la Tour de l'Horloge, comme d'habitude.

Tous approuvent aussitôt cette idée. Quand les trois enquêtrices arrivent dans leur chambre, le téléphone sonne.

— C'est peut-être ton père, Alice, avance Marion.

Mais l'expression de son amie, alors qu'elle répond, lui indique qu'elle s'est trompée.

— Oh, *duchessa,* je suis tellement contente de vous entendre ! s'écrie la jeune fille. Vous êtes rentrée chez vous ?

Il y a une longue pause qui accroît encore la curiosité des cousines, suspendues aux lèvres de leur acolyte.

— Qu'est-ce qu'elle dit ? chuchote Bess avec impatience alors que la conversation continue.

— Oh, je vois, répond la détective dans le combiné. Oui, peut-être. Une seconde, s'il vous plaît.

Elle réfléchit quelques instants, puis reprend :

— Oui, je viendrai. J'ai d'ailleurs beaucoup de choses à vous raconter. Oui, d'accord. *Arrivederci !*

Elle raccroche.

— La *duchessa* veut me voir ! annonce Alice. Dans la salle d'exposition à Murano.

— Alors, c'était bien elle que tu as aperçue là-bas ?

— Non, je ne crois pas. La femme qu'on a regardée sortir de la fabrique était vraiment plus jeune. Et puis Maria Dandolo n'a pas mentionné qu'elle était au courant de notre visite à l'*Artistico Vetro*... si c'est bien elle qui vient d'appeler !

— C'est compliqué... Tu retournes donc à Murano ? demande Marion, inquiète.

— Ce soir à dix heures.

— Pas seule, j'espère !

— C'est pourtant ce qu'elle souhaite.

— Impossible ! commente Bess. Tu risques de tomber dans un autre piège.

Alice a eu la même pensée. Plongeant dans le placard, elle en retire une longue jupe noire et un léger pull à col roulé. Puis elle sort la petite trousse de maquillage qu'elle emporte toujours avec elle en voyage.

Comprenant les intentions de leur amie, les cousines prennent un air anxieux.

— Marion et moi, on refuse absolument de te laisser faire ça ! déclare Bess. C'est trop dangereux !

— À moins que tu ne sois accompagnée par des gardes du corps vénitiens ! s'écrie joyeusement Marion en se coiffant du chapeau de gondolier qu'elle vient d'acheter en souvenir. À votre service, *duchessa* !

chapitre 17

Déguisement

En réponse à la profonde révérence de Marion, la détective secoue la tête.

— En effet, j'avais pensé me déguiser en *duchessa*, mais en fin de compte ça pourrait être aussi dangereux que d'y aller en Alice Roy.

— Tu devrais peut-être choisir une apparence qui se situe entre les deux, suggère Bess.

— Exactement, approuve son amie. Des cheveux noirs, une coiffure différente, quelques rides sur la figure et...

— Et tu auras trente ans de plus ! complètent les cousines. Génial !

— Je ne sais pas si c'est tellement génial, mais j'espère que ce déguisement m'aidera à tromper les gardiens – s'il y en a.

— Je commence à me dire que tu serais plus en

sécurité si un des garçons t'accompagnait... confie Marion.

— On devrait y aller tous ensemble, déclare Bess. Plus on sera nombreux et moins on courra de risques.

— Je ne suis pas d'accord, réplique la jeune héroïne. Deux personnes enquêteront certainement avec plus d'efficacité et de discrétion que six. Je vais appeler Ned pour lui demander son avis.

Son compagnon approuve pleinement le plan d'Alice.

— Évite quand même de te déguiser avant notre dîner ! plaisante l'étudiant.

— Rassure-toi, ma transformation n'aura lieu qu'après.

Mais, quand les jeunes gens sont tous réunis, Ned adopte un ton beaucoup plus sérieux.

— On devrait peut-être demander un renfort de la police, déclare-t-il.

— C'est impossible ! coupe la détective. La *duchessa* serait déjà fâchée si elle savait que je t'ai mis au courant de l'enlèvement de Filippo. Si, en plus, j'y mêle la police !...

— Bon, d'accord, admet Daniel, mais tu ne vas tout de même pas refuser le soutien d'une équipe auxiliaire...

— ... au cas où Ned et toi seriez en difficulté ! complète Bess.

— Espérons que tout ira bien, réagit Alice. De toute façon, même si on avait un problème à

Murano, je préférerais vous savoir en sécurité à Venise d'où vous pourriez nous envoyer des secours si nécessaire.

— C'est un argument valable, reconnaît Bob. Mais comment on saura où vous en êtes de vos recherches ?

— Et si vous êtes sains et saufs ? ajoute Marion.

— Il y a plusieurs téléphones dans la fabrique. On vous appellera dès notre arrivée.

— Mais le standard est certainement fermé après les heures de bureau, fait remarquer Bess.

— Alors je vous enverrai un message par mouette ! rétorque la jeune héroïne avec un sourire.

Bien que la boutade d'Alice n'ait déridé personne, Ned décide qu'ils doivent suivre leur plan de départ. Ceux qui restent alerteront la police si les deux amis n'ont pas donné de leurs nouvelles avant le matin.

— D'ailleurs on a besoin d'une équipe de détectives de garde ici, ajoute sa compagne, il se passera peut-être quelque chose d'important pendant notre absence.

Les jeunes gens quittent le restaurant, mais la question reste en suspens.

Ned et Alice se donnent rendez-vous à l'embarcadère du bateau pour Murano.

— On se retrouve dans une heure ! lance le garçon.

Puis ils partent chacun dans une direction différente.

Quand les filles rentrent à l'hôtel, un message inattendu les y attend.

— C'est Andreoli, annonce la jeune héroïne. Il est écrit qu'il me rappellera à huit heures et demie.

— C'est l'heure à laquelle tu as rendez-vous avec Ned !

— Oui, mais il me faut à peine cinq minutes pour aller à la station de *vaporetto*. Et puis, comme M. Andreoli parle peu l'anglais, notre entretien sera certainement très bref.

Par la fenêtre, Alice scrute l'embarcadère vide, puis elle tire les rideaux et court dans la salle de bains, munie de son kit de maquillage. Quand elle réapparaît, les cousines sont frappées par sa transformation.

— Alors ? questionne-t-elle.

— Incroyable... murmure Bess. On croirait que tu as quarante ans !

Les cheveux blond-roux de son amie sont maintenant brun foncé et relevés sur la nuque en un élégant chignon. La jeune fille a poudré son visage pour le pâlir et, à l'aide d'un crayon à sourcils, dessiné de fines rides sous les yeux et sur le front.

— Et Ned, il se déguise aussi ? En Mathusalem ? plaisante Marion.

— J'ai vraiment l'air si vieille que ça ? s'amuse Alice. Tu pourrais peut-être me prêter ton chapeau de gondolier.

— D'accord, mais ne te fais pas attraper par les malfaiteurs : je tiens à récupérer mon canotier !

À cet instant, l'appel d'Andreoli vient interrompre leur conversation. Chose curieuse, le batelier semble soudain parler beaucoup mieux l'anglais.

— Mademoiselle Roy, commence-t-il, la *duchessa* vient de m'annoncer qu'elle a retrouvé son neveu. Votre mission est donc terminée.

Tandis que ces mots résonnent à son oreille, la détective se met à douter de l'identité de son interlocuteur. Sa voix lui paraît étrangement familière. Et quand, après un bref « Au revoir », elle a raccroché, elle regarde ses amies d'un air soupçonneux.

— Qu'est-ce que qu'il y a ? interroge Marion en voyant sa compagne rougir sous sa poudre.

— Ce n'était pas Andreoli... C'était Erminio Scarpa !

— Hein ? s'écrie Bess, effarée.

— J'en suis certaine, affirme la jeune héroïne. Il a voulu se faire passer pour le gondolier, mais il parlait trop bien l'anglais.

— Oh, Alice, s'il te plaît, ne va pas à Murano !

— Je dois y aller. La *duchessa* y est peut-être prisonnière.

— Dans sa propre fabrique ? fait Marion d'un ton dubitatif.

Coupant court à la discussion, la détective ôte sa robe et revêt le pull et la jupe qu'elle a choisis pour la circonstance.

— Tiens, mets ça sur tes épaules, conseille Bess en lui offrant son châle noir.

— Merci, c'est parfait.

La jeune fille consulte sa montre.

— Il est huit heures et demie. Je me demande si le petit mot que nous a remis la réception provenait vraiment de M. Andreoli ou de Scarpa.

— Attends encore cinq minutes pour t'en assurer, suggère Marion.

— Bonne idée.

Mais il n'y a pas d'autre appel et Alice quitte ses deux acolytes. Après son départ, celles-ci s'avouent mutuellement leur inquiétude.

— Tu crois qu'on devrait quand même la suivre ? questionne Bess.

— Parlons-en à Bob et à Daniel.

— Imagine ce qui se passerait si on agissait contre sa volonté et si on faisait tout rater ? Oh ! là ! là ! Nous voilà vraiment dans de beaux draps !

chapitre 18

Une visite-surprise

Les cousines téléphonent à leurs compagnons, et décident qu'une fois Ned et Alice embarqués pour Murano ils se retrouveront à l'entrée de la place San Marco, non loin du quai.

— Le père d'Alice doit arriver en Italie aujourd'hui, rappelle alors Bess. Il cherchera peut-être à joindre le *Dei Fiori* pour parler à sa fille ?

Toutes deux s'attardent à l'hôtel jusqu'après neuf heures : elles espèrent que M. Roy appellera et qu'elles pourront, à cette occasion, lui demander conseil.

— Bob et Daniel doivent commencer à s'impatienter, déclare Marion. On ferait bien de partir.

— Oui, approuve l'autre sans enthousiasme.

En arrivant dans le hall, elles voient un groom portant une valise et, sur ses talons, le père d'Alice !

— Monsieur Roy !

— Oh, bonjour ! s'exclame l'avocat en cherchant la détective des yeux.

— Votre fille n'est pas là, chuchote Marion de façon à ce que personne ne puisse l'entendre.

Devant ses airs de conspiratrice, James Roy fronce le sourcil. Il remplit rapidement sa fiche à la réception et suit le groom dans sa chambre. Puis il revient aussitôt à l'accueil où l'attendent les cousines.

— Et maintenant racontez-moi vite ce qui s'est passé, ordonne-t-il.

Marion explique que Bess et elle sont déjà en retard à leur rendez-vous avec Bob et Daniel. Elle propose à l'avocat de les accompagner jusqu'à la place Saint-Marc.

— Dire que j'ai complètement modifié mes plans et, tout ça pour découvrir qu'Alice a disparu ! se désole M. Roy.

— Oh, elle n'a pas disparu ! assurent les filles.

— En tout cas, j'espère qu'elle ne court aucun danger, poursuit-il en marchant rapidement vers la place.

— On ne savait pas que vous deviez arriver à Venise aujourd'hui, confie Bess.

— Moi non plus, réagit James Roy. J'ai pris cette décision à la dernière minute. En fait, on ne m'attend à Rome qu'à partir d'après-demain. J'ai donc pensé faire une surprise à Alice en venant d'abord ici.

— On en est ravies ! affirme Marion en lui adressant un sourire affectueux.

À cet instant, elle aperçoit les garçons. Ils se tiennent contre la clôture d'un parc, à proximité de la *piazza* San Marco.

— Monsieur Roy ! s'écrie Daniel d'une voix forte, en reconnaissant l'avocat.

Bess lui fait signe de se montrer plus discret. Marion les amène tous s'asseoir sur des bancs à l'écart des passants.

— Alice nous avait dit que vous alliez à Rome... s'étonne Bob.

L'homme répète pour les garçons l'explication qu'il vient de donner aux filles.

— Qu'est-il arrivé à Alice ? questionne-t-il ensuite. Je suppose que Ned l'accompagne ?

— Oui, acquiesce Daniel.

Puis Marion lui révèle le plan de sa fille. Comparé à d'autres stratagèmes qu'Alice a imaginés pour résoudre de précédentes énigmes, celui-ci n'a rien de trop extraordinaire.

— C'est une idée astucieuse, commente le père. Mais que Ned et elle soient allés seuls à Murano m'ennuie un peu.

— C'est bien ce qui nous préoccupe aussi, admet Bess. On était justement en train de se demander si on ne devrait pas prendre un bateau pour les rejoindre là-bas.

Pendant ce temps, Alice et Ned approchent de Murano. Ils sont seuls à bord du *vaporetto*. Ils regardent les réverbères autour de la fabrique, leur clarté perce la brume qui envahit l'île.

— Ce n'est pas exactement la nuit la plus chaude de l'année, grommelle la jeune fille en serrant son châle autour de ses épaules.

Le pilote fait vrombir le moteur une dernière fois.

— Ned, demande-lui d'éteindre ses phares et de couper le contact.

— D'accord.

L'instant d'après, le canot glisse silencieusement vers le débarcadère.

L'étudiant s'approche du navigateur et, tout en lui glissant un gros billet dans le creux de la main, le prie de les attendre. Puis il se dirige avec Alice vers la fabrique. À leur satisfaction, ils ne rencontrent aucun gardien. En revanche, la porte d'entrée est barricadée par une grosse grille munie d'un cadenas.

— Il fallait s'y attendre, murmure Alice.

Elle longe le bâtiment vers une fenêtre fermée. Malgré la fraîcheur de l'air, elle enlève son châle et le jette sur les épaules de son compagnon. Celui-ci la soulève pour qu'elle puisse pousser le volet.

— Elle est bloquée, constate la détective. Que faire ?

Elle se laisse glisser à terre en soupirant.

— Par ici, souffle Ned.

Il a repéré une deuxième porte cachée sous des plantes grimpantes. Le duo s'en approche. Elle est ouverte !

— Viens ! chuchote le garçon en s'apprêtant à entrer.

Mais Alice le retient. Lui faisant signe d'attendre, elle presse son oreille contre le battant. Elle ne perçoit aucun bruit. Elle pousse doucement la porte, fait un pas en avant, puis un autre, jusqu'à ce qu'elle soit sûre que personne n'est tapi derrière.

Soudain une lumière jaillit dans le bâtiment annexe qui abrite la salle d'exposition. Ned sursaute, effrayant sa compagne.

— Ça doit être pour ton rendez-vous, déduit-il.

— Oui, confirme la jeune héroïne.

Mais elle est résolue à inspecter la fabrique avant de se montrer. Sur la pointe des pieds, elle court vers la réserve, mitoyenne de la soufflerie. Après avoir vainement tenté d'en ouvrir la porte, elle cherche une épingle à cheveux dans son sac.

— Ceci ferait peut-être mieux l'affaire, déclare son compagnon en sortant un petit canif de sa poche.

Il introduit une des nombreuses lames dans le trou de la serrure, puis la tourne doucement à droite et à gauche. À un moment, il croit entendre un déclic, mais se rend aussitôt compte qu'il s'est trompé.

— Laisse-moi essayer, intervient Alice.

Elle fourre d'abord l'épingle à cheveux dans le trou, puis abandonne cet objet au profit d'une petite carte postale rigide qu'elle trouve dans son sac. Elle glisse le bout de carton contre le pêne qui finit par céder.

— Suis-moi ! murmure-t-elle à Ned en allumant une petite lampe de poche.

La réserve est en fait une immense pièce. Des rayonnages pour les fournitures couvrent le mur du fond ; des sacs de chaux et de potasse s'entassent contre un autre. Mais, contrairement à ce qu'Alice a pensé plus tôt, il n'y a pas d'autre porte en dehors de celle qu'ils viennent d'ouvrir.

— Je ne vois la *duchessa* nulle part, et toi ? ironise Ned en souriant à Alice dans l'obscurité.

— Elle est censée m'attendre dans la salle d'exposition, tu te souviens ? répond l'autre sur le même ton.

Elle avance à tâtons le long d'une grande table de travail. Soudain son talon heurte un obstacle.

— Aïe !

— Tu as trouvé quelque chose ? interroge l'étudiant.

— Peut-être. Je n'en suis pas sûre.

Braquant le faisceau de sa lampe vers le sol, la détective découvre un panneau de bois arrimé au plancher par trois charnières et bloqué par une grosse barre de fer.

— Une trappe ! Vite, essayons de l'ouvrir !

Ned jette le châle sur la table, s'agenouille et,

pesant de tout son poids sur l'épaisse tige, la repousse petit à petit. Un petit orifice apparaît. Au moment où le garçon s'apprête à y passer le doigt pour soulever la porte secrète, un étrange bruissement se fait entendre dehors. Alice éteint sa torche électrique.

Pendant ce temps, M. Roy et les amis de sa fille continuent à bavarder. Ils ont décidé de ne pas aller à Murano pour le moment.

— Alice vous a dit combien de temps elle comptait rester là-bas ? interroge l'avocat.

— Non, répond Marion, mais ça ne devrait pas lui prendre plus de deux à trois heures. Elle nous a demandé d'alerter la police si elle ne donnait pas de nouvelles au matin.

— C'est trop long à mon goût, déclare James Roy. Mais attendons encore un peu avant de nous lancer dans l'aventure...

— Vous aviez commencé à nous parler de votre client, intervient Daniel pour changer de sujet. Il est dans l'industrie du verre ?

— En effet, confirme le père d'Alice en s'appuyant contre le dossier du banc, le regard fixé sur la lagune. Il semble être tombé sur des gens sans scrupules qui l'accusent de leur avoir volé leurs motifs artistiques. C'est insensé...

— Qu'est-ce qui vous fait dire ça ? demanda Bess.

— Je connais mon client : il est impulsif et enthousiaste, mais ce n'est pas un voleur.

M. Roy fait une pause avant de continuer son récit :

— Lors du dernier voyage de Franck, mon client, à Rome, les verriers lui ont donné quelques échantillons de leurs articles de vaisselle pour les montrer à ses représentants aux États-Unis. Il m'a demandé mon avis sur son association éventuelle avec la fabrique italienne. Je la lui ai déconseillée. Malheureusement, Franck avait déjà pris sa décision. Il avait entamé des négociations. Celles-ci ont échoué, ce qui ne m'a pas étonné...

— Mais je ne comprends pas pourquoi les fabricants italiens l'accusent d'être un voleur, l'interrompt Bob.

— Eh bien, parce que, au beau milieu des pourparlers, les motifs artistiques de l'industrie italienne ont commencé à apparaître sur des assiettes vendues aux États-Unis.

— Mais c'est illégal de reproduire ce genre de dessin sans autorisation !

— Exact ! Et figurez-vous que j'ai l'impression que c'est précisément la fabrique italienne qui est derrière ce détournement.

— Et pourquoi accuserait-elle Franck ? interroge Marion.

— Pour le faire chanter : les Italiens accepteraient de ne pas intenter une action en justice, qui pourrait valoir plusieurs mois de prison à mon client, à condition qu'il leur cède son entreprise.

— C'est affreux, murmurent les cousines, presque à l'unisson.

— Que comptez-vous faire ? ajoute Bess.

— Je ne sais pas encore exactement. Je voudrais rencontrer M. Alberini. C'est l'un des propriétaires de la firme italienne. S'il n'est pas là, je tâcherai de voir M. Scarpa.

— Vous avez dit Scarpa ? s'écrie Marion. Son prénom, c'est Erminio ?

chapitre 19

La cave

James Roy regarde les visages tendus de ses auditeurs. Pourquoi attendent-ils si impatiemment sa réponse ?

— Erminio Scarpa ? répète-t-il. Eh bien, à dire vrai, je ne me rappelle pas son prénom. Mais je dois certainement l'avoir noté dans mon dossier. Parlez-moi donc de cet homme.

Bess ne se fait pas prier. Elle décrit leur rencontre avec le réceptionniste de nuit et surtout le piège qu'il lui a tendu en l'accompagnant à la basilique.

— Comme on gênait leurs machinations, sa bande et lui voulaient se débarrasser momentanément de nous, conclut-elle.

Son récit a rendu M. Roy de plus en plus inquiet.

— Cette affaire me paraît très dangereuse,

réagit-il. Quand je pense qu'Alice s'est rendue à Murano... Scarpa et ses complices cherchent peut-être à l'attirer dans un piège. Il faut faire intervenir la police ! J'appelle tout de suite le commissariat.

— On vous attend ici, décide Marion.

— Alice ne nous pardonnera jamais d'avoir fait appel aux forces de l'ordre, déclare Bess quand l'avocat s'est éloigné.

Elle est cependant convaincue que c'est la bonne décision.

Le petit groupe ne se doute pas que, quelques minutes plus tôt, la jeune détective et Ned ont rampé sous la longue table de travail qui se trouve dans la réserve de la verrerie. Accroupis là, ils écoutent le bruissement des feuilles à l'extérieur, dans l'air calme de la nuit.

— Il y a quelqu'un, là dehors, murmure la détective.

— Et moi je crois qu'ils sont plusieurs, ajoute son compagnon.

Le couple se tait. La porte de la fabrique s'ouvre brusquement et le faisceau d'une lampe illumine le plancher jusqu'aux fours et aux caisses de verre cassé où il s'arrête un instant. Puis il se remet à bouger. Les jeunes gens entendent les pas de plusieurs personnes.

— Attention, ils vont te voir ! avertit Ned à voix basse, en tirant la jeune fille en arrière.

Les pas s'approchent de la porte de la réserve. La poignée tourne à droite, puis à gauche. Les cœurs des jeunes gens cognent de plus en plus fort.

« Heureusement que j'ai fermé la porte, songe Alice. Mais que faire si jamais ces types ont une clef ? »

À son grand soulagement, la poignée s'immobilise. Elle sent son compagnon, à côté d'elle, se détendre. Il pose une main sur son bras. De l'autre côté de la porte, les hommes se sont mis à discuter.

« Dommage qu'on n'ait pas pris quelques cours d'italien avant de venir ici ! » pense l'étudiant.

Alice, pour sa part, se concentre sur les mots. Comme elle en comprend quelques-uns, elle peut en déduire le sens des phrases.

— Ils n'ont pas la clef de la porte de la réserve, traduit-elle en chuchotant. C'est quelqu'un d'autre qui l'a. Un certain Alberini.

Puis, avant qu'elle n'ait le temps de discerner le reste de leur conversation, les intrus se placent devant la petite fenêtre creusée dans le mur qui sépare la soufflerie de la réserve. Ils regardent à l'intérieur de cette dernière, éclairant la table avec une lampe de poche. Le faisceau éclaire ensuite la trappe. Heureusement, la partie du battant d'où Ned a ôté la barre reste dans l'ombre.

« Ouf ! » pense Alice.

Des yeux, elle suit le rayon de lumière qui

effleure des sacs de potasse non loin d'elle. Soudain elle se raidit. Elle vient d'entendre son nom !

— Alice Roy, articule distinctement l'un des hommes d'un ton irrité.

En signe d'énervement, il donne un petit coup au carreau. À l'intérieur les jeunes gens frissonnent. Les a-t-il vus ?

« Non, s'il savait qu'on est ici, il casserait certainement la vitre ! » raisonne la détective.

Finalement, les bandits sortent de la fabrique.

— Viens, Ned, souffle son amie en se glissant hors de sa cachette. Je veux voir ce qu'il y a sous ce plancher.

— Tu es vraiment incroyable ! s'émerveille l'autre en riant doucement. Il y a une minute à peine, mon cœur s'est arrêté de battre et, toi, tu es déjà prête à continuer !

— Moi qui croyais que ton cœur ne s'arrêterait jamais de battre *pour moi* ! plaisante Alice. Allons-y !

Elle braque sa petite lampe de poche sur l'interstice de la trappe. Ned y passe un doigt et tire.

— Elle est coincée, annonce-t-il en faisant semblant de ne pas pouvoir l'ouvrir.

— Quoi ? fait Alice, déçue.

Mais voyant l'étudiant sourire, elle comprend qu'il la taquine. Il soulève le panneau, révélant une échelle qui, au-dessous de la lueur faiblissante de la torche, mène à une pièce plongée dans les ténèbres.

— Zut ! Ma pile est sur le point de rendre l'âme, murmure la détective. Je ferais bien de l'économiser.

Après avoir descendu les premiers barreaux, elle éteint la lampe. Le garçon la suit avec précaution. Arrivée en bas, Alice rallume sa torche. Elle dirige le faisceau vers un grand miroir manifestement en cours de restauration.

Elle n'y aperçoit pas seulement son reflet et celui de Ned. Dans un coin, elle distingue un tas sombre recouvert d'un sac en jute. Aussitôt, la jeune fille se tourne et braque sa torche sur la forme obscure. Un col blanc en dentelle accroche la lumière. C'est le corps inerte de la *duchessa* !

— Oh ! s'exclame l'enquêtrice.

Elle court vers l'aristocrate. Celle-ci paraît endormie.

— Elle est vivante ? questionne Ned, anxieux, en voyant sa compagne toucher la joue de la malheureuse.

— Oui, mais on a dû la droguer.

À cet instant, Maria Dandolo émet un petit cri plaintif semblable au gémissement d'un chiot. L'étudiant la soulève et s'avance vers l'échelle.

Puis, avec un soupir, il se rend compte qu'il ne pourra pas remonter la femme à moins de la porter sur son dos et, même dans ce cas, ce serait dangereux : la trappe est très exiguë.

— On va avoir un problème, déclare-t-il en désignant l'étroite ouverture.

— En effet, reconnaît Alice. Que faire ?

— Tu devrais peut-être sortir et demander au pilote du *vaporetto* d'aller chercher la police. Je lui ai demandé de nous attendre à l'embarcadère.

Soudain, la *duchessa* cligne des yeux.

— Elle se réveille ! s'écrie la détective. Assieds-la sur cette chaise, là-bas.

Quand la femme est installée, la jeune fille lui entoure l'épaule de son bras.

— Qui vous a amenée ici ? interroge-t-elle.

Maria Dandolo marmonne quelque chose en italien, puis se rendant brusquement compte qu'on lui parle en anglais, elle traduit ses paroles d'une voix faible, mais distincte :

— Deux hommes...

— Comment s'appellent-ils ?

— Alberini et... Scarpa.

— Ils vous ont révélé où se trouvait votre neveu Filippo ?

— Oh non ! Pauvre Filippo ! gémit l'aristocrate, puis elle se met à pleurer. Ne lui faites pas de mal !

— Vous savez où il est ? insiste Alice avec une fermeté qui arrête les sanglots de la vieille dame.

— Non. De toute façon, M. Alberini est un menteur.

Il y a une longue et insupportable nouvelle pause. L'enquêtrice se demande si la duchesse a bien toute sa tête.

— S'il vous plaît, il faut me répondre, reprend-elle. C'est très important. Je veux retrouver Filippo.

Mais la femme recommence à geindre.

— C'est inutile, constate la jeune fille, découragée.

Cependant, elle questionne de nouveau la prisonnière :

— Ils vont vous emmener voir votre neveu ?

— Ils ont promis de le faire si...

— Si quoi ?

— Si je leur donne la formule.

— Votre formule de fabrication du verre ! C'est pour ça que vous êtes venue ici, à la fabrique ?

— Oui.

Alice se rappelle alors le salon de la *duchessa* à San Gregorio, les papiers sortis du secrétaire et éparpillés partout. S'est-elle trompée en attribuant ce désordre à la main d'un intrus ? N'est-ce pas plutôt Maria Dandolo elle-même qui, cédant aux menaces des ravisseurs, s'est mise à chercher frénétiquement sa copie personnelle de la recette de fabrication ?

— Où est passé votre exemplaire de la formule ? demande-t-elle à la grande surprise de Ned.

— Je n'en sais rien. Le document n'était plus dans mon secrétaire.

— Vous en avez trouvé un autre ? Ici, dans la réserve, je veux dire.

— Non.

— Ces hommes, ils ont dit qu'ils reviendraient vous voir ?

— Oui, acquiesce l'aristocrate d'une voix

presque inaudible. Puis... ils m'ont forcée à vous téléphoner. Ils ont menacé de faire du mal à Filippo si je n'obéissais pas. Je suis désolée, Alice... désolée.

Épuisée, elle s'affale contre le dossier de la chaise.

— Pas bête, leur plan, commente l'enquêtrice. Ces lascars espéraient probablement m'attraper lors de leur seconde visite. Je ne devrais peut-être pas les décevoir !

Ned regarde Alice, stupéfait.

— Tu parles sérieusement ?

— Bien sûr. Si je les occupe assez longtemps, tu pourras aller chercher de l'aide.

— Et tu crois que je vais te laisser affronter ces gangsters toute seule ?

— Écoute, Ned, c'est notre seule chance de découvrir où est Filippo. Dès ton retour à Venise, tu...

— Je pourrais rester ici et demander au pilote du *vaporetto* d'aller prévenir la police, l'interrompt son ami.

— Qui sait si on peut compter sur lui ? Et suppose que les flics ne le croient pas. Ce n'est pas lui qui sera capable de les convaincre !

— Qu'est-ce qu'on fait de la *duchessa* ?

— On devra la laisser ici pour le moment. Allez, Ned ! C'est le seul moyen. Crois-moi !

— Si tu insistes... murmure le jeune homme.

— Je distrairai ces bandits aussi longtemps que je pourrai.

Alice sort une petite brosse de son sac et commence à ôter la poudre noire de ses cheveux. Puis, après avoir essuyé son maquillage avec un mouchoir, elle se met à gravir l'échelle.

— Sois prudente, lui recommande son compagnon, anxieux.

— Promis. Surtout ne te tracasse pas.

« Plus facile à dire qu'à faire », songe le garçon.

Il recouche Maria Dandolo par terre et se prépare à partir à son tour. Pendant ce temps, la détective se glisse hors du bâtiment et prend le chemin qui mène à la salle d'exposition. Elle ne ralentit qu'un instant en entendant les pas de Ned s'éloigner dans la direction opposée, vers le quai, puis elle reprend sa course.

En atteignant l'entrée de la salle d'exposition, elle n'appuie pas sur la sonnette, mais pénètre dans la salle. Un épais tapis assourdit le bruit de ses pas.

« Ils doivent être en haut », se dit-elle, et elle monte l'escalier.

À sa surprise, toutes les portes au premier sont fermées. Un son de voix étouffé lui parvient cependant à travers l'une d'elles. Quand l'aventurière tend bien l'oreille, elle se rend compte qu'il s'agit de quatre hommes qui s'entretiennent en anglais.

L'un d'eux est un Américain. La deuxième voix appartient au directeur de la verrerie, M. Brolese, et la troisième à Erminio Scarpa !

— Voyons, Erminio, c'est moi ton ami Beppe Alberini qui te le dis, déclare l'Américain.

Quelqu'un, sans doute Scarpa, lâche un rire sceptique.

— Tu n'as aucune raison de t'inquiéter, poursuit Alberini. Puisque ton collègue consent à te fournir un alibi, personne n'ira croire cette stupide détective.

— Mais son amie, celle que j'ai emmenée à la basilique, pourrait m'identifier. Et ma sœur Lucia m'a dit qu'Alice Roy lui avait rendu visite. Elle connaît notre adresse !

— Francesco et toi aurez quitté le pays bien avant qu'on ne vous soupçonne. Nous y veillerons.

— Oui, confirme le directeur. Et dès qu'on aura obtenu ce qu'on veut du *signore* Dandolo...

« Il parle de la formule », songe l'enquêtrice.

— ... on vous rejoindra, termine Brolese. C'est aussi simple que ça. Ne t'inquiète donc pas au sujet de cette enquiquineuse. Elle ne représente pas de véritable danger.

Le reste de la conversation remplit la jeune héroïne de dégoût. Elle apprend que le quatrième homme dans la pièce est le frère de Scarpa : Francesco. Lui, Alberini et Erminio ont essayé d'enlever le père de Filippo pour lui extorquer sa formule. N'ayant pu le trouver, ils se sont rabattus sur son fils. Ils ont l'intention de ruiner la famille Dandolo. Ensuite, ils élimineront un certain Franck qui a fait la bêtise de s'associer avec eux.

« On dirait qu'ils veulent créer leur propre petit monopole, pense Alice, et éliminer la concurrence par tous les moyens possibles. »

Finalement, les hommes abordent des sujets sans intérêt pour elle ; la jeune fille frappe alors énergiquement à la porte.

En réponse, on entend quelqu'un repousser sa chaise. Puis Beppe Alberini grogne :

— Qui est là ?

— Alice Roy, répond joyeusement la détective. Je cherche la *duchessa*.

— Ah oui, bien sûr, fait l'homme, et il ouvre.

Il a une figure ronde et des cheveux noir clairsemés. Avec un sourire sarcastique, il tire la nouvelle venue dans la pièce.

— Vous connaissez ces messieurs, je suppose.

Bien que ce soit la première fois qu'elle rencontre Francesco Scarpa, la visiteuse fait un signe de tête affirmatif.

— Je voudrais voir la *duchessa*, insiste-t-elle.

— Tu la verras dans un instant, rétorque Alberini. Mais d'abord je veux savoir ce que tu as été capable de découvrir au sujet de notre affaire.

Le cerveau d'Alice se met à travailler très vite. Doit-elle leur dire ce qu'elle sait ? C'est peut-être une erreur, mais aussi le meilleur moyen de les occuper un bon moment.

— Eh bien, j'ai compris que l'un de vous a pénétré par effraction dans la salle d'exposition de l'*Artistico Vetro* la nuit de notre arrivée à Venise, commence-t-elle.

Puis elle exprime un soupçon qu'elle a eu depuis le début :

— Comme rien n'a été volé, je pense que vous aviez l'intention d'installer des micros dans l'appartement de la *duchessa*.

— Bravo ! s'exclame Alberini. Tu es vraiment futée !

— Vous devez vous demander comment j'ai deviné, hein ?

Les yeux fixés sur les figures attentives des criminels, elle explique en détachant les mots :

— Quand M. Scarpa est venu dans notre chambre plus tard cette nuit-là, j'ai remarqué que le bas de son pantalon était mouillé.

Elle se tourne vers le réceptionniste de nuit.

— C'est vous qui vous étiez chargé de cette besogne juste avant de prendre votre service à l'hôtel. Malheureusement votre barque fuyait un peu – d'où les marques d'humidité qui vous ont trahi !

L'intéressé lui lance un regard haineux, mais ne proteste pas.

— Et, probablement, vous êtes aussi celui qui a essayé de me faire tomber du *vaporetto* le jour suivant, l'accuse Alice.

Alberini affiche un rictus ironique.

— Une demoiselle aussi intelligente et jolie que

toi serait très utile à nos manigances. Quand tout sera fini ici, je t'offrirai peut-être un poste.

— Non, merci ! réplique la jeune héroïne avec froideur.

Elle scrute l'homme avec aversion, puis promène le regard autour de la pièce. Ses yeux perçants s'arrêtent sur une casquette pendue à un portemanteau. Le chapeau ressemble à celui que Ned a trouvé sur le pont, près de l'hôtel *Excelsior.*

— À qui appartient cette casquette ? demande-t-elle.

— À moi, réagit Alberini. Pourquoi ?

— Elle est toute neuve, non ? Vous l'avez achetée pour remplacer celle que vous avez perdue quand vous vous êtes balancé sous le pont pour essayer de couler le canot de Ned, Bob et Daniel.

Son interlocuteur ricane.

— Alors vous avez trouvé l'autre, hein ? Je serai ravi de la récupérer. Des casquettes, on n'en a jamais trop.

« Là où vous irez, vous n'en aurez pas besoin », pense Alice, puis elle affirme à haute voix :

— On a aussi deviné que c'était Erminio Scarpa qui avait fouillé l'autre chambre d'hôtel, celle qu'occupaient nos amis étudiants.

— Oui, il cherchait un objet nous appartenant, admet Alberini.

— Un magnifique cheval de verre, peut-être ?

— Exactement. Francesco l'avait emporté en avion à Vienne pour le vendre à un client éventuel.

Finalement, l'affaire n'a pas été conclue. Que faire de l'objet d'art ? Francesco ne pouvait pas repasser une seule frontière avec. Tous les postes de douane avaient été alertés de la disparition de la figurine. Alors il l'a glissée dans le sac d'un des jeunes Américains.

— Il devait avoir entendu Ned dire que ses compagnons et lui descendraient au *Dei Fiori*.

— En effet, mademoiselle Roy. Et comme Erminio avait accès aux chambres là-bas, Francesco a pensé qu'il lui serait facile de récupérer le cheval de verre. À propos, qu'en ont fait vos amis ?

— Les douaniers l'ont laissé tomber et il s'est cassée.

— Quel dommage ! déplore Scarpa. Une si jolie pièce... et qui valait une petite fortune.

— La ferme, maintenant ! siffle Alberini. Cette gamine en sait trop ! On va l'attacher et l'abandonner ici. Puis, on file avant que ses copains n'alertent les flics !

À peine a-t-il terminé sa phrase qu'un grand remue-ménage se produit dehors. La porte s'ouvre brusquement. Plusieurs policiers en uniforme, suivis de M. Roy et des amis d'Alice, se précipitent dans la pièce.

— Papa ! s'exclame la jeune fille en sautant au cou de l'avocat. Je suis tellement heureuse de te voir !

— J'espère que nous n'interrompons pas une intéressante conversation, ironise son père.

— Pas du tout ! Ces types s'apprêtaient à se débarrasser de moi !

Ned devient tout pâle.

— Je savais bien que ton plan était dangereux ! souffle-t-il.

— Mais il a réussi, non ? exulte la détective. Maintenant je suis au courant de tous leurs agissements ! Je vais vous raconter.

M. Roy lève la main pour l'arrêter.

— Attends un moment, lance-t-il. Il y a encore d'autres personnes qui aimeraient certainement entendre tes explications.

Un instant plus tard, Andreoli entre dans la pièce, suivi d'un policier et de Maria Dandolo.

— Oh, *duchessa* ! s'émeut la jeune héroïne.

Elle embrasse la vieille dame et l'aide à s'asseoir.

— J'ai dû être assez incohérente tout à l'heure, n'est-ce pas, ma chère enfant ?

— Pas du tout !

— C'est très gentil de ta part de prétendre le contraire, reprend Maria Dandolo en s'adossant d'un air las contre le dossier de son siège. L'effet de la drogue semble se dissiper maintenant et je devrais être capable de mieux comprendre ce qui se passe. D'abord je voudrais te remercier, Alice. Tu m'as sauvé la vie, tu sais !

— Votre vie était réellement menacée ?

— Absolument, intervient Andreoli en parfait anglais. Ma sœur, voyez-vous, n'est pas d'une constitution robuste. Une autre nuit dans cette affreuse cave humide l'aurait tuée.

— Votre sœur ? s'exclament Alice et ses amis en le regardant bouche bée.

— Oui. Je suis Claudio, le père de Filippo.

Là-dessus, le gondolier arrache sa barbe noire, révélant le visage d'un homme distingué, d'une soixantaine d'années.

— J'ai mis ce postiche pour que personne ne me reconnaisse. Seule Maria connaissait mon déguisement.

— Mais quand la *duchessa* nous a demandé de l'aider, pourquoi n'avez-vous pas révélé votre identité ? interroge Marion.

— J'avais peur. Supposons que vous soyez tombées aux mains de nos adversaires ? Ils auraient pu vous extorquer des informations sur moi.

— Ce n'est pas par méfiance envers vous, assure la *duchessa*. Nous pensions simplement que vous n'aviez pas absolument besoin de savoir où était Claudio. Nous voulions éviter toute fuite, même involontaire.

Elle se tourne vers le directeur de la verrerie.

— Ainsi vous faites partie de ce complot ? Comme c'est triste !

Incapable de répondre, Brolese se détourne.

— Bon, où est Filippo alors ? demande enfin le duc Dandolo en regardant les malfaiteurs d'un air sévère.

Les bandits demeurent obstinément silencieux.

Puis, au bout de quelques secondes, Scarpa prend la parole.

— À quoi bon résister ? La partie est perdue, se résigne-t-il d'une voix rauque. Filippo est sur l'île de Torcello, dans une pièce située derrière le musée.

— En face de la cathédrale Santa Maria Assunta ? s'étonne Claudio. Je connais bien cet endroit. Au mur il y a une pierre sur laquelle est gravé un lion ailé. Je revois encore le visage ravi de Filippo quand je l'emmenais dans cette île, enfant. Il adorait ce dessin et c'est sans doute pour cela qu'il a pris ce symbole comme signature.

Aussitôt, l'officier de police ordonne aux bandits de se rendre.

— Avant de partir, j'ai une question à poser à Francesco Scarpa, intervient M. Roy. Quels sont exactement vos rapports avec mon client Franck ?

— Vous n'avez qu'à le deviner, grogne l'autre.

— C'est déjà fait, je crois, réplique l'avocat. Vous aviez l'intention d'écarter Franck d'une affaire qui marchait très bien en l'accusant d'avoir volé des dessins que vous aviez extorqués à Filippo ! Vous avez montré ces dessins à Franck et à ses clients, puis vous les avez vendus à un autre fabricant américain qui a commencé à les produire en masse. C'est ainsi qu'on a vu apparaître les motifs artistiques sur des milliers d'assiette. Ai-je raison ?

Son interlocuteur ne répond pas.

— Puis vous avez fait chanter Franck, en menaçant de le poursuivre en justice s'il ne coopérait pas, ajoute Bess.

— Vous vouliez qu'il vous cède son entreprise, analyse Alice. Une fois en possession de la formule des Dandolo, vous pouviez rapidement doubler les ventes sur le marché américain et gagner beaucoup d'argent.

— À propos, où est-elle, la formule, *signore* ? questionne Ned, en se tournant vers le père de Filippo. En lieu sûr, j'espère.

— Elle est là, répond Claudio en se frappant le front. Dans ma tête ! J'en ai détruit toutes les copies manuscrites, même celle de ma sœur, pour m'assurer que personne ne pourrait s'en emparer. Malheureusement, Maria est partie pour Murano avant que j'aie pu lui dire ce que j'avais fait.

— Oui, admet la *duchessa*. J'allais céder aux ravisseurs... je ne pouvais plus supporter ces menaces, cette tension. Je craignais pour la vie de Filippo ! Tu me comprends, n'est-ce pas, Claudio ?

— Bien sûr, assure son frère avec douceur.

— Ces gangsters, ils étaient dans votre appartement hier soir quand je vous ai appelée et que vous m'avez répondu que vous n'aviez plus besoin de moi ? s'enquiert Alice.

— Oui. C'était pendant que je fouillais dans mon secrétaire, cherchant désespérément la formule. Je n'ai pas pu la trouver – et pour cause, Claudio avait brûlé le document. Alors, ils m'ont emmenée ici.

— On est venus à la fabrique cet après-midi, reprend la détective. Dans la réserve intérieure, j'ai vu quelqu'un qui vous ressemblait. C'était vous ?

Maria Dandolo ferme un instant les yeux.

— J'ai essayé de me mettre à la fenêtre pour attirer votre attention, mais ces misérables m'ont tirée en arrière avant que je n'y parvienne.

Le lendemain, Alice a enfin la grande joie de voir Filippo réuni à sa famille. C'est un beau jeune homme d'une trentaine d'années, aux yeux brillants pleins de malice.

Plus tard, dans la soirée, quand tout le monde est rassemblé pour le dernier dîner des Américains à Venise, la jeune héroïne pose une question à laquelle seul Filippo peut répondre.

— Comment as-tu réussi à envoyer ce message représentant un lion ailé à ta tante ?

— Avant que mes agresseurs ne m'emmènent, j'ai entendu l'un d'eux dire qu'on se rendait à Torcello. J'avais un morceau de papier dans ma veste et je mets toujours des crayons dans la poche de ma chemise. J'ai donc griffonné ce dessin qui symbolise l'île de Torcello, et je l'ai adressé à ma tante Maria. Puis laissé tomber dans la rue. De toute évidence, quelqu'un l'a ramassé et porté à sa destinataire.

— C'était très astucieux de ta part ! commente Marion.

— Je voulais donner plus d'indices, mais,

comme vous pouvez l'imaginer, je n'en ai pas eu le temps. Une fois que j'ai eu inscrit l'adresse, la phrase concernant saint Marc et le symbole, je me suis rendu compte que les hommes m'observaient. Je leur ai dit qu'il m'était venu une idée pour un nouveau dessin. J'ai fourré le papier dans ma poche, puis, dès qu'ils ont tourné la tête, je l'ai ressorti et jeté par terre.

— Malheureusement, ni Claudio ni moi n'avons fait le rapprochement avec l'île de Torcello, murmure la *duchessa*.

— Oublions toutes ces choses désagréables. D'autant plus que ce dîner est en l'honneur de mon limier préféré.

— Comment ça ? fait Maria Dandolo en riant. J'en compte six, moi, de détectives ! Trois filles et trois garçons.

— Je le sais bien, ma chère tante. D'ailleurs, j'ai l'intention de faire ce dessin en six exemplaires.

— Oh, c'est splendide ! s'extasie Bess en le regardant détacher un voile de gaze d'une magnifique gravure sur verre.

Sur celle-ci on voit la célèbre signature de l'artiste – un grand lion ailé – et, au-dessous, ces mots : *Avec mes sincères remerciements à Alice Roy.*

— Avec les miens aussi ! ajoute la *duchessa*.

— Cette œuvre d'art appartient en fait à nous tous, fait remarquer la jeune héroïne au moment où elle se lève pour recevoir son cadeau.

— Pas d'inquiétude. Comme je te l'ai dit, j'en

ferai aussi pour les autres ! annonce l'artiste, avec un large sourire. Ainsi, chacun de vous conservera longtemps le souvenir d'un trépidant séjour à Venise !

Quelle nouvelle énigme

Alice

devra-t-elle résoudre ?
Pour le savoir, regarde la page suivante !

Alice doit faire face à un nouveau mystère...

Dans le 15ᵉ volume de la série
Alice et le cheval volé

Alice tient le premier rôle dans une parodie de film d'horreur, réalisée par Ned et ses amis de l'université d'Emerson. L'équipe s'est installée au manoir de Grisby, tout près du Ranch Rainbow où vient d'être commis un mystérieux vol : quelques jours plus tôt, Étoile Filante, le cheval le plus rapide de la région, a été enlevé à son propriétaire. Alice voudrait mener l'enquête... mais alors qu'elle débute ses recherches, d'inquiétants phénomènes surviennent au manoir de Grisby ! Chercherait-on à détourner la jeune détective et ses amis cinéastes de l'énigme du cheval volé ?

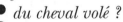

Les as-tu tous lus ?

1. Alice
et le chandelier

2. Alice
et les faux-monnayeurs

3. Alice
au manoir hanté

4. Alice
et les diamants

5. Alice
au ranch

6. Alice
et la pantoufle d'hermine

7. Alice
au bal masqué

8. Alice
et le violon tzigane

10. Alice
et le carnet vert

Retrouve toutes les enquêtes de la célèbre détective
dans les volumes précédents !

11. *Alice*
chercheuse d'or

12. *Alice*
et le médaillon d'or

13. *Alice*
écuyère

Connecte-toi vite sur le site
de tes héros préférés :

www.bibliothequeverte.com

- *Tout sur ta série préférée.*
- *De super concours tous les mois.*

Table